それが、ただ一つの道だと
理解していたから……
長い沈黙の後、
どちらからともなく
二人は手を差し出した。
RECORD OF WORTENIA WAR
ウォルテニア戦記

東側の奇襲部隊を
襲ったのが
ロベルト・ベルトラン。

西側の奇襲部隊を
襲ったのが
シグニス・ガルベイラ。

「それで……あの男は
いつ来るのだ？」
地図を睨みながら、
ミハイルはメルティナに
尋ねた。

RECORD OF WORTENIA WAR

# ウォルテニア戦記

XVIII

Ryota Hori

保利亮太

口絵・本文イラスト　ｂｏｂ

CONTENTS

HOLY QWILTANTIA EMPIRE
KINGDOM OF HELNESGOULA
O'LTORMEA EMPIRE
SOUTHERN KINGDOMS
KINGDOM OF XAROODA
KINGDOM OF RHOADSERIA
KINGDOM OF MYEST
WORTENIA PENINSULA

# WORLD MAP of 《RECORD OF WORTENIA WAR》

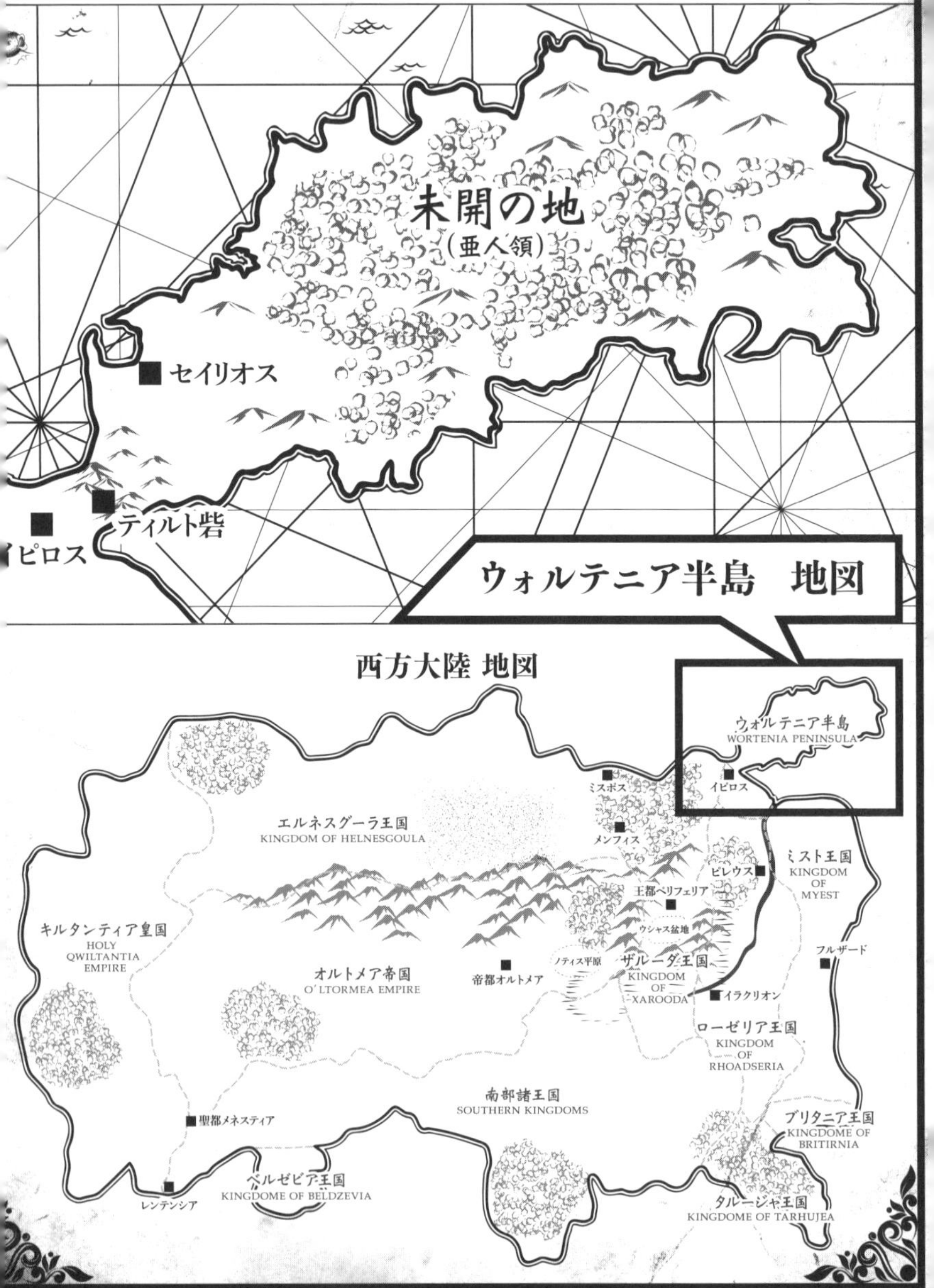

未開の地
(亜人領)
セイリオス
ティルト砦
イピロス
ウォルテニア半島　地図
西方大陸 地図
ウォルテニア半島
WORTENIA PENINSULA
ミスポス
イピロス
エルネスグーラ王国
KINGDOM OF HELNESGOULA
メンフィス
ミスト王国
KINGDOM
OF
MYEST
ピレウス
王都ペリフェリア
ウシャス盆地
キルタンティア皇国
HOLY
QWILTANTIA
EMPIRE
ノティス平原
ザルーダ王国
KINGDOM
OF
XAROODA
フルザード
オルトメア帝国
O'LTORMEA EMPIRE
帝都オルトメア
イラクリオン
ローゼリア王国
KINGDOM
OF
RHOADSERIA
南部諸王国
SOUTHERN KINGDOMS
聖都メネスティア
ブリタニア王国
KINGDOME OF
BRITIRNIA
ベルゼビア王国
KINGDOME OF BELDZEVIA
レンテンシア
タルージャ王国
KINGDOME OF TARHUJEA

# プロローグ

ローゼリア王国。

それは西方大陸東部を領有する東部三ヶ国《かこく》の一角を占《し》める長い歴史を誇《ほこ》る国の名だ。

とはいえ、逆に言えばそれ以外に取り立てて目を引くような特色はない。

広大な平野部と豊富な水資源を利用した大陸でも有数の農業国であるというのは事実だし、兵もそれなりに訓練はされていて精強ではあるだろう。

しかし、国力そのものは西方大陸の覇権《はけん》争いを繰《く》り広《ひろ》げているオルトメア帝国《ていこく》などを筆頭とした三大強国には大きく劣《おと》る。

確かに、吹《ふ》けば飛ぶような弱小国ではないが、良いところが中堅《ちゅうけん》国家というのが大陸情勢に詳《くわ》しい人間の統一見解だと言っていいだろう。

だが、その国力には不釣《ふつ》り合いなほど、ピレウスという都は整然と秩序《ちつじょ》だって構築された巨《きょ》大《だい》な城塞《じょうさい》都市だった。

石畳《いしだたみ》で舗装《ほそう》されている通りには、多くの人々が足早に往来している。

左右に立ち並ぶ建物も歴史を感じさせる趣《おもむき》があるものの、造り自体は石材や漆喰《しっくい》を用いた堅《けん》牢《ろう》なもの。

恐《おそ》らくは、防火対策の一環《いっかん》だろう。

都市全体が戦時の防衛を意識して作られているのがよくわかる。

何しろ大地世界《アース》では、新国家の誕生も、強国の滅亡《めつぼう》もそこまで珍《めずら》しい事でもない。

戦場で名を馳《は》せた英雄《えいゆう》が、その剣《けん》を振《ふ》るい見る見るうちに王の階段を駆《か》け上がる事もあるし、逆に大陸統一を目前にしていた大国が、内部闘争《とうそう》の果てに一夜にして崩壊《ほうかい》するという話もそれほど珍しいことではない。

西方大陸最大の激戦地帯である南部諸王国など、数十年周期で何処《どこ》かの国が亡《ほろ》びるほどだし、大陸の覇者《はしゃ》を目指すオルトメア帝国がその勢力を拡大したのは、現皇帝であるライオネル・アイゼンハイトがその頭上に王冠《おうかん》を頂いてからの事だ。

人の禍福《かふく》は糾《あざな》える縄《なわ》の如しと言うが、それは国家という巨大な力を持った存在にとっても同じらしい。

そんな中で、ローゼリア王国は五百年という長き歴史を刻んできた。

そして今日、この国はその長き歴史に置いて、偉業《いぎょう》ともいうべき初めての訪問者をその城門に向かい入れる事になる。

だが、その歴史的偉業を喜ぶ人間は少ない。

大多数の人間が抱《いだ》いた感情は困惑《こんわく》と恐れだ。

やがて襲《おそ》い来るであろう大きな嵐《あらし》の存在を予感して、彼等《かれら》は不安を感じずにはいられない。

だから、彼等はただ無言のまま見つめ続ける。

光神メネオースの象徴《しょうちょう》であるとされる天秤と十字架《じゅうじか》を縫《ぬ》い取った教団の紋章《もんしょう》に、神のご意志を力によって実現するという確固たる意志を秘《ひ》めた剣を追加した第十八聖堂騎士団《せいどうきしだん》の団旗を掲《かか》げる騎士達《たち》の行進を。

そこは、薄暗《うすぐら》い路地裏の一角に建つ一軒《けん》の酒場。

普段《ふだん》であれば、酔客《すいきゃく》の歓声《かんせい》や酌婦《しゃくふ》の嬌声《きょうせい》が響《ひび》く騒《さわ》がしい店なのだが、今日はどうやら普段と趣が違《ちが》うらしい。

とは言え、別に客の入りが悪い訳ではない。

確かに、店の卓《たく》は二割程《ほど》がまだ空いているが、まだ時刻は宵《よい》の口《くち》に差し掛《か》かったかどうかといった時間帯だ。

酒場が本格的に忙《いそが》しくなるのはもう少し後の時間帯。

それにも拘《かかわ》らず卓の八割近くが埋《う》まっているのだから、十分繁盛《はんじょう》していると言っていいだろう。

だから、問題は店全体に満ちた何とも言えない重苦しい空気の方だ。

酌婦達《しゃくふたち》は男たちの横に侍《はべ》る事もなく、壁際《かべぎわ》に立ち並んで客の様子を伺《うかが》う。

中には客が少しでも酒やつまみを注文するようにと、卓の間を歩き回りながら声をかけている仕事熱心な女も何人かいるが、そんな彼女《かのじょ》達の涙《なみだ》ぐましい努力も今の所あまり報《むく》われていない。

いや、そんな仕事熱心な女達自身も、本当の意味で仕事に集中しているかと問われれば疑問《ぎもん》符《ふ》が付く。

彼女達の目や耳が、客の注文よりも交《か》わされる会話の内容に向けられているのは明らかなのだから。

とはいえ、彼等が不安気な様子を見せるのも当然なのだ。

ここ数日の間に起きた出来事を考えれば……。

そんな重苦しい空気の中、酒場の中央付近に陣取《じんど》った二人連れの一人から小さな呟《つぶや》きが零《こぼ》れた。

一人は、顎髭《あごひげ》を生やした中年。

背丈《せたけ》はそれほどでもないが、麻《あさ》の服から突《つ》き出た二《に》の腕《うで》の太さと日焼け具合から察するに、裏町によくいる日雇《ひやと》いの肉体労働者の様だ。

その対面に腰《こし》かけた相方も、その風体《ふうてい》から察するにどうやらご同類らしい。

仕事帰りに癒《いや》しを求めに来たといったところなのだろう。

だが、彼等の表情はとても酒を楽しむといった雰囲気《ふんいき》ではなかった。

「今回、援軍《えんぐん》として派遣《はけん》されてきた連中だが、光神教団の誇る聖堂騎士団の中でも、異端審問《いたんしんもん》で名を挙げた第十八聖堂騎士団の連中らしいぞ……」

相方の言葉に、顎髭の男は勢いよく酒瓶《さかびん》を呷《あお》るとため息交じりに呟く。

本隊の大部分が王都郊外《こうがい》に駐留《ちゆうりゆう》しているとはいえ、教団の紋章を掲げた軍隊が王都の大通りを行進する様は、彼等にとってもあまり気分が良いものではない。

ましてや、やって来たのは曰《いわ》く付きの騎士団となれば猶更《なおさら》だろう。

「【コルサバルガの墓掘《ほ》り人】……か」

その言葉に含《ふく》まれているのは侮蔑《ぶべつ》と嫌悪《けんお》だろうか。

確かに、光神教団の支配は西方大陸全土に及《およ》んでいる。

ただし、その影響力《えいきょうりょく》には地域差があるのも事実だ。

そして、ローゼリア王国をはじめとした東部三ヶ国は、聖都メネスティアより遠く離《はな》れているという地理的要因により、光神教団の影響力はかなり弱い。

とは言え、それはあくまで貴族階級が持つような権力や権限という意味での話。

日常生活の中に光神教団は溶《と》け込んでいる。

冠婚葬祭《かんこんそうさい》といった人生の節目には確かにほとんどの人間が光神教団から派遣された神官のお世話になるし、飢饉《ききん》が発生すれば教団の炊《た》き出しの列にも並ぶだろう。

司祭によっては、孤児《こじ》や貧しい平民に文字の読み書きなどを教える寺子屋の様な事をしている教会もある。

そう言う意味では、光神教団はローゼリア王国で一定の認知《にんち》を得ていると言って良い。

だが、逆に言えば関係と言えるのはそれだけだ。

東部三ヶ国に暮らす多くの人間にとって、光神教団とは便利な道具。

利点があるから存在を許容しているだけの事だ。

それは、定期的に神殿《しんでん》を訪《おとず》れて礼拝をしているローゼリア王国民が、王国の全人口の1％にも満たないという点から見ても明らかだろう。

それだけ、東部三ヶ国の人間は信心が薄《うす》いのだ。

いや、ローゼリア王国民も光神メネオースを否定したり敵視したりしている訳ではない。

信仰《しんこう》しているかどうかと問われれば、信仰していない訳ではなかった。

光神メネオースが、遥《はる》か古《いにしえ》の昔より西方大陸で信仰され続けてきた創成の六柱と呼ばれる神々の中でも、大神や主神と呼ばれる存在である事に変わりはないのだから。

ただ、光神教団の経典《きょうてん》に記されている様に、メネオースを唯一《ゆいいつ》絶対の神と見なしていないだけの事だ。

だが、それは光神教団の掲げる教義に反する考え方でもある事もまた事実だった。

そして、その教義に対しての考え方の差が両者の間に決定的な断絶を生んだ。

これはどちらが正しいか正誤を判定出来るという話ではない。

単に、何を信じるかと言うだけの話か、或《ある》いは経典をどう解釈《かいしゃく》するかの差か。

いわば、極《きわ》めて個人的な感情論でしかない。

だが、その感情こそが時に悲劇を生む。

東部三ヶ国や北部のエルネスグーラ王国は、大陸南部に群雄割拠《ぐんゆうかっきょ》する南部諸王国と言われる国々とあまり仲が良くないのだが、その理由の半分くらいはこの教義に対する考え方に端《たん》を発しているのだから。

今でこそ、光神教団も事を荒立《あらだ》てるような事はしなくなったが、一昔前はこの神に対しての考え方の違いにより多くの血が流れたのもまた、この西方大陸の大地に刻まれた歴史的事実なのだ。

それに、それらの歴史的事実は、決して遠い過去の話ではない。

確かに、現代に生きる人間にとっては過去の話だ。

だが、その過去の記憶《きおく》は親から子へ、子から孫へ、とローゼリア王国民の中に連綿と受け継《つ》がれ今も民の心の中に刻み込まれている。

中でも、今から四十年ほど前に起きたグロームヘンの惨劇《さんげき》と、それを引き起こした存在の名はローゼリア王国に暮らす民にとって特別なものだ。

【コルサバルガの墓掘り人】という異名を聞いて、平静を保てるローゼリア王国民は居ないだろう。

ただでさえ、数日前にもたらされた布告に国民の多くが衝撃《しょうげき》を受けているのだから。

「今の状況《じょうきょう》を考えれば外部の力を借りるのは致《いた》し方《かた》のない事なのかもしれない。陛下がお決めになったのなら教団の連中にも我慢《がまん》するが……よりにもよって、第十八聖堂騎士団所属のあの部隊とは。あの狂信者《きょうしんしゃ》共を招き入れるなんて……お偉《えら》いさんは何を考えているんだか」

顎髭の男の口から小さなつぶやきが零《こぼ》れる。

そして、そんな男のつぶやきに、相方は力なく頷《うなず》くと、ゆっくりと首を横に振った。

「御子柴男爵《みこしばだんしゃく》様が陛下より王国に歯向かう逆賊《ぎゃくぞく》と認定《にんてい》されて間もないというのに……な」

それは誰《だれ》かに聞かせるような物ではなかったのは確かだ。

だが、酒場に居る誰の耳にもはっきりと届いた。

その言葉に含まれた意味も含めて、その意図を違える事はない。

それはこの場に居る誰もが感じていた想《おも》いだろう。

先日、王国全土に伝えられた御子柴男爵家に対しての布告は、多くの国民にとって衝撃的《しょうげきてき》な内容だった。

何しろ、貴族院の襲撃《しゅうげき》という派手な罪名に加えて、御子柴男爵家を王国への反逆者と認定し、征伐《せいばつ》の為《ため》の遠征軍《えんせいぐん》を編成するという宣言なのだから。

確かに貴族階級と平民階級の間に身分という深い溝《みぞ》が横たわっている。

王宮の人事位であれば、誰が失脚《しっきゃく》しようと平民達の生活に大した影響《えいきょう》など出ないのが普通《ふつう》だ。

(とはいえ、それにも限度《げんど》がある)

顎髭の男は言い知れぬ不安を感じていた。

今回の様に軍を編成するとなれば国民達にも無関係とは言えなくなるのが目に見えている。

軍を編成して戦をする為には、膨大《ぼうだい》な量の物資と人員が必要となるのだ。

当然、遠征軍は武具や兵糧《ひょうろう》を買い集めるだろう。

その結果、ローゼリア王国内の物価は大きく上昇する。

それは、間違《まちが》いなくこの国に暮らす民の生活に大きな負荷《ふか》を与《あた》えるのだ。

実際、その兆候はすでに表れ始めていた。

布告から今日までのわずか数日の間に、小麦が一割近くも値上がりしているのだ。

いや、値上がりしているのは小麦だけではない。

牛肉や豚肉《ぶたにく》を始めとした食料品は軒並《のきな》み影響を受けているし、武具や医薬品関係にも値上がりの兆候が出始めている。

武具を作る為に欠かせない鉄などの金属は、既《すで》に以前の三倍近い値が付いている始末だ。

何しろ、大多数の庶民《しょみん》にとって戦は迷惑極《めいわくきわ》まりない蛮行《ばんこう》だが、有力な政商達にしてみれば千載一遇《せんざいいちぐう》の商機。

彼等にしてみれば、自分達が儲《もう》かればそれで良いのだ。

最終的にはどれくらいまで値が吊《つ》り上がるかは神のみぞ知るといったところだろう。

だが、そう言った商機を活用する為には、権力や資金力が不可欠。

そしてそれは、庶民を相手にする小売業には決して持ちえない要素だろう。

「今日、斜向《はすむ》かいの肉屋も店を閉めやがった。しばらくは蓄《たくわ》えがあるらしいが……卸問屋《おろしどんや》の方から品が入ってこないって嘆《なげ》いていたぜ」

その言葉に、顎髭の男が舌打ちをする。

「あぁ、大手の商会が食料品の買い占めを始めているからな。小売り専門の肉屋が太刀打《たちう》ち出来る訳もねぇ。それでも、ガキを売らなくて済むなら御の字だろうさ。問題は、何時《いつ》終わるか……だ」

景気は様々な要因で変動する物だ。

天気に疫病《えきびょう》、そして戦争。

経営学や経済学を学んでいない大地世界の庶民でも、その程度《ていど》の事は感覚的に分かる。

その上、今回の遠征軍はかなりの規模だという噂《うわさ》が男達に懸念《けねん》を抱かせている。

何しろ、戦場は同じローゼリア王国内。

勝敗がどうなるにせよ、数年前に起きた内乱の混乱から立ち直ってすらいない今の王国には、致命傷《ちめいしょう》になりかねない状況だ。

（それに加えて、王宮より布告された御子柴男爵家の罪状というのも正直に言ってどこまで本当なのかは分からないからな）

勿論《もちろん》、御子柴男爵を無実の罪で陥《おとし》いれられた被害者《ひがいしゃ》だと言っている訳ではない。

だが、王宮からの布告をそのまま鵜呑《うの》みにするほど、王都に暮らす平民も初心《うぶ》ではないのだ。

普通に考えて【救国の英雄】と目される人物が、態々《わざわざ》反逆などと言う道を選ぶ理由は限られているだろう。

単に反逆の罪だけが国民に布告されて、罪の詳細《しょうさい》が分からないというのはかなりキナ臭《くさ》い物を感じさせる。

「御子柴男爵か……貴族達の多くが王宮の尻馬《しりうま》に乗ってあの方を声高《こわだか》に非難している……恐らく、先日貴族院で行われたという審問《しんもん》が関係しているのだろうが……実際の所、何処まで本当なんだ？」

それは何気ない単純な疑問。

正直に言って、明確な答えを相方に求めた訳ではない。

だが、その問いに相方の顔が曇《くも》った。

その話題の危険性を理解しているのだろう。

何しろ、王国の司法の要である貴族院で起きた惨劇なのだから。

貴族達の耳に入れれば目を付けられる危険な話題である事も確かだ。

だが、それでも顎鬚《あごひげ》の男の口は止まらない。

危険で真偽《しんぎ》不明な話題だからこそ、彼等はそれについて話さずにはいられないのだ。

それに、逆に言えば王都の裏路地にある酒場で酒の肴《さかな》として話題にする分には、そこまで危険な訳でもないという打算もあった。

だから、顎鬚の男は一応周囲を見回して声を潜《ひそ》める。

「俺が聞いた噂じゃ、相当数の死体が出たって話だが……お前知っているか？」

確かに、大地世界の司法制度はかなりお粗末《そまつ》だし、治安維持《いじ》は限定的だ。

一歩街の外に出れば、そこは怪物達《かいぶつたち》が徘徊《はいかい》し、盗賊《とうぞく》が跋扈《ばっこ》する人外魔境《まきょう》なのだから。

しかし、事が街の中で起きたとなると話は大きく変わって来る。

王都ピレウスの城壁《じょうへき》の外には貧民街《スラム》が広がっており、かなり治安は悪いが、それでも今回ほどの規模の事件はそうある事ではない。

（事の真偽はさておき、被害者の数だけでも数十人という話だしな。こんな事件、そう滅多《めった》にない）

無関係な第三者としては興味をひかれて当然な話題だ。

とは言え、本来であれば酒場で日夜繰り広げられる与太話《よたばなし》以上の価値はないだろう。

顎鬚の男も単なる噂話《うわさばなし》として流すつもりだった。

だが、相方の見せた反応は、顎鬚の男が想定した物とは違った。

強《し》いて言うならば、何かに怯《おび》える様な表情だろうか。

「なんだ……お前、本当に何か知っているのか？」

その問いに、相方はほんの一瞬躊躇《いっしゅんためら》うような表情を浮《う》かべた後、重苦しい口を開く。

「院長であるハルシオン侯爵《こうしゃく》以下、貴族院の主だった方々が殺害されたという話は、どうやら本当の事らしいぞ……ただ……」

「ただ、何だ？」

その問いに相方は一瞬言葉を詰《つ》まらせる。

これから口にしようとしている話が真実と知っているが故《ゆえ》に、この話題を口にする危険性に躊躇いを覚えたのだ。

だが、躊躇《ちゅうちょ》したのはほんの一瞬だった。

「いや、俺《おれ》が聞いた話では、御子柴男爵様を貴族院側が嵌《は》めようとしたが、返り討《う》ちに遭《あ》ったっていうのが真相らしい……」

その思いがけない相方の言葉に、顎鬚の男が無言のまま目を見開く。

「なんでも、御子柴男爵様とザルツベルグ伯爵家《はくしゃくけ》の間で起きた先の戦に対して色々と難癖《なんくせ》をつけたらしい。そしてそれに陛下も追従した結果、今回の審問が開催《かいさい》されたんだが、その審問の場で、男爵様《だんしゃく》がザルツベルグ伯爵の汚職《おしょく》の証拠《しょうこ》を出したって話だ」

その言葉に、髭《ひげ》の男が鼻を鳴らして嗤《わら》った。

ザルツベルグ伯爵家を筆頭とした北部八家が支配する王国北部は、王都ピレウスからそれほど離れてはいない。

その結果、トーマス・ザルツベルグ伯爵という男の評判は王都に暮らす人間の耳にも届いている。

だから、ザルツベルグ伯爵家の起こした汚職という醜聞《しゅうぶん》は、如何《いか》にも有り得そうな話だと思ったのだ。

そんな顎鬚の男の反応を見て、相方は話を続ける。

「だが、そんな御子柴男爵様の訴《うった》えをハルシオン侯爵達貴族院は公然と無視したらしい。そして、御子柴男爵様の罪のみを糾弾《きゅうだん》した結果、あの方の逆鱗《げきりん》に触《ふ》れたってのが、今回の事件の真相って話だ……」

相方の言葉を聞き、顎鬚の男はテーブルの上の酒瓶を手に取って一息に飲み干すと、天を見上げて大きなため息をつく。

その胸中に過るのは国に対しての失望か、はたまた英雄を排除《はいじょ》しようとする狭量《きょうりょう》な貴族達への反感だろうか。

確かに市井《しせい》に生きる平民の一人でしかない男にしてみれば、雲の上の話だ。

だが、今の話を聞いてしまえば、人間として色々と考えさせられて当然だった。

それは自らが英雄と憧憬《しょうけい》を抱いていた男の凋落《ちょうらく》に対しての正直な感情だろう。

「成程《なるほど》な……如何にも有り得そうな話だ……貴族連中があの方を煙《けむ》たく思っていたのは事実だからな……だが……」

そう言うと、顎鬚の男は首を横に振る。

そして、相方に向かって探《さぐ》る様な視線を向けた。

相方の話に引っかかりを感じたのだ。

「お前、その話はどこから聞いたんだ？　やけに詳しいが……」

相方が口にした噂話は如何にも有りそうな話だ。

普段ならそこに疑問など感じないだろう。

だが、話題の内容が貴族達の企《くわだ》てた策謀《さくぼう》の内幕に関してとなると、話は変わって来る。

（いや……単なる噂話にしては……）

一介《いっかい》の平民が酒場の噂話として口にするには内容が詳しすぎるのだ。

顎鬚の男が疑問を抱くのも当然だろう。

そして、そんな当然の疑問に対して、相方は躊躇いがちに答える。

「俺が聞いたのは従妹《いとこ》からだよ。何でも下働きの同僚《どうりょう》から聞いたらしい。あいつも台所の下女として貴族院に務めていたからな。それで詳しい事情を耳にしたって話だ」

「成程な……そう言えばお前の従妹は貴族院で下働きをしているんだったな」

その言葉に相方の男が大きく頷く。

貴族階級の人間の多くは、使用人の動向をあまり意識しない。

勿論、明白な秘匿事項《ひとくじこう》を軽々しく口にすることはないが、断片的《だんぺんてき》な情報に対してのセキュリティ意識は低いのだ。

その結果、使用人という存在は主人達が考えている以上に事情通になる。

今回もそれと同じだろう。

「ならば、納得《なっとく》だ」

顎鬚の男は、そう言いながら再び酒瓶を呷る。

確固たる証拠はなくとも、がぜん信ぴょう性が出てきたのは事実だ。

そんな男の様子に、相方も深く頷く。

そして、自らも酒瓶を手にすると、深いため息をつく。

そんな相方に苦笑いを浮かべて嘯《うそぶ》く。

「しかし、あの成り上がり野郎《やろう》のおかげで、王都での暮らしも楽になってきていたのになぁ……惜《お》しい事だぜ」

確かに、【イラクリオンの悪魔《あくま》】という悪名を持つ御子柴亮真《りようま》という男は、国の支配階級からの評判が最悪だった。

だが、その一方で民衆からは畏怖《いふ》と共に敬意を向けられてもいる。

少なくとも、敵意や反感を持つ平民は少ないのが実情だ。

実際、他の貴族階級によく見られる、領民達への苛政《かせい》が皆無《かいむ》というのも、高い人気を誇る理由の一つだ。

まぁ、領民のほとんどいないウォルテニア半島などという魔境を領地として与えられた人間の立場にしてみれば、仮に苛政をしようと思ったところで対象となる領民が居ないというだけなのだ。

それは優《やさ》しいとか、人間性が云々《うんぬん》という以前の話だろう。

だが、それは当事者にしか分からない事でもある。

それに、貴族階級の多くは御子柴亮真を成り上がり者と毛嫌《けぎら》いしているが、平民の視点から見れば貴族階級の因習に囚《とら》われないのも大きな評価点と言えるのは確かだ。

それはつまり、自らの血を高貴と信じ、他を廃絶《はいぜつ》する思想に染まっていないという事なのだから。

とは言え、亮真がローゼリア王国の国民から敵意を向けられない理由は別にあった。

その最大の理由は御子柴男爵家が持つ強大な経済力。

西方大陸東北部に突き出た形の半島は、大陸北部を廻《まわ》る交易航路において非常に重要な位置に属している。

大陸西部を占めるキルタンティア皇国や北部の大国であるエルネスグーラ王国との交易に始まり、最近では他の大陸との販路《はんろ》も開拓《かいたく》している。

確かに、その規模はミスト王国最大の交易都市フルザードには及ばないが、西方大陸の北部

と東部をつなぐ中継地《ちゅうけいち》としての地位を固めつつあるのは確かだろう。

その結果、城塞都市イピロスを拠点《きょてん》とするミストール商会を筆頭とした商会連合は、王都の商圏《しょうけん》にまでその勢力を拡大していた。

キルタンティア産の紅茶や、中央大陸より持ち込まれた香辛料《こうしんりょう》などは、特に目玉商品として王都の人間にも愛用され始めている。

「お茶や香辛料が以前より安くなったのは、ありがたかったんだが……」

その言葉に顎鬚の男も深く頷く。

元々、香辛料自体はローゼリア王国内にも流通はしていたが、その流通量は決して多くはなかったし種類も限られていた。

王都に暮らす平民達の生活には無縁《むえん》な品とまではいかないが、高価で貴重な高級品だった事は間違いないだろう。

その最大の原因は、ローゼリア王国内に大規模な港が無かったという点に尽《つ》きる。

ローゼリア王国内で流通していた香辛料やお茶などの嗜好品《しこうひん》のほとんどは、一度ミスト王国のフルザードに集積され、それから陸路を通って運搬《うんぱん》されてくる。

当然、船で運ぶよりも量は限られるし値も高くなるという訳だ。

だが、ウォルテニア半島から城塞都市イピロスを経由して王都の商圏に荷が運ばれてくるとなると、話は大きく変わってくる。

特に、国境を超《こ》えないというのは商売をする上でかなり大きい。

確かに、エルネスグーラ王国と東部三ヶ国は御子柴亮真の主導で通商条約を結んでいる。

その結果、関税率の一律化や、越境《えっきょう》に際しての手順の統一などを取り決めており、四ヶ国が大きな利益を上げているのは事実だ。

そしてその恩恵は、各国の貴族達にも平等に与えられている。

勿論、関税率の一律化は税収と言う面だけで考えれば減収だろう。

自由に関税を掛けられないという事は、自国内の産業にも影響が出てくるのも確かだ。

しかし、輸出入の取引自体は活性化しており、国全体の景気は上向きになっているし、越境時の手続きを簡略化した事により、商人達にとっても時間的な工数や経費の削減が出来ている。

そして、国が豊かになればその恩恵は身分が低い平民達にも齎《もたら》されるのだ。

（おかげで俺達の生活も大分楽になった）

顎鬚の男は、穀物や香辛料などを主に取り扱う商会で荷を積み下ろしする人足《にんそく》として働いているが、最近賃金がかなり上がった。

それは、交易量が以前に比べて格段に増え、労働者の数を確保する事が難しくなったからだ。

その結果、以前は中々手が出なかったお茶などの嗜好品を楽しむ余裕が出てきた。

貴族、商人、平民の立場を問わず、四ヶ国に暮らす誰もが得をしている。

とは言え、そこから得られる利益の大きさまで同じではない。

以前と比べて全体的にコストダウンしたのは事実だが、港を持たない大半の貴族にとって東部三ヶ国に流通する交易品の多くが一旦ミスト王国を経由するという事に変わりはないのだ。

ただ一人、ローゼリア王国内で港を持っている御子柴男爵以外……。

その結果、御子柴男爵家の経済力は飛躍的に高まった。

キルタンティア皇国やエルネスグーラ王国からの交易品をそのままローゼリア王国内へ海路を使って持ち込む事が出来るのであれば、ミスト王国を経由しない分だけコストをカット出来るというのは自明の理だろう。

そのため、王都ピレウスには品質の良い品がソコソコの値段で大量に出回る事になったという訳だ。

確かに、御子柴男爵家が王国北部を制圧してから、まだ数ヶ月程度の短い期間ではある。

だが、確実に王都ピレウスに暮らす民の生活を変えたのは間違いないだろう。

いや、だったというのが正確な表現だろうか。

(確かに、今はまだ誰もが得をしている……)

しかし、将来的にはどうだろう。

御子柴男爵家の力が大きくなれば、いずれはローゼリア王国内の流通を掌握する様な事態もあり得るのだ。

ただそうなった時、貴族やその庇護を受けてきた御用商人達は地獄を見る事になる事もまた想像がついていた。

それは少し世情に詳しければ平民でも想像出来る程度の未来だ。

貴族達がその可能性に気付かない訳が無い。

（だからこそ、あの成り上がり野郎は貴族達に疎まれたのだろうな……）

勿論、成り上がり者に対しての敵意もあるだろう。

だが、御子柴男爵家が持ち始めた強大な経済力に対する恐怖が、今回起きた一連の騒動における根本的な原因の一つである事もまた間違いない。

（起きるべくして起きた……か）

しかし、だからと言って納得する事は難しいだろう。

顎鬚の男が首を横に振りながら肩を竦めて見せる。

「あぁ、胡椒《こしょう》やシナモンの値も下がったし、スターアニスやタイムなんて今まであまり聞いた事のない品も手に入る様になったみたいだしな。この前も食堂をやっている隣《となり》の家の女将《おかみ》さんがそんな事を言っていたぜ。まぁ、今日顔を合わせた時に聞いた限りでは、それも今回の一件で、全《すべ》ておじゃんらしい……何しろ、ミストール商会が王都に出そうとしていた支店を売り払《はら》うって話だからな」

「俺も塩に関して同じような話を聞いたな。値を吊り上げようとする悪徳商人も居なくなって、大分暮らしやすくなったのになぁ」

そういうと、二人の口から再び大きなため息が零れた。

折角《せっかく》上向き始めた日々の生活に再び暗い影《かげ》が落ちようとしている。

それは、日々の暮らしに追われる彼等平民階級の人間にとっては、国の存亡や反逆者となった御子柴男爵家の征伐以上には重要な事だ。

極端《きょくたん》な話、税金が安くなり、食料品などの値が抑《おさ》えられるなら、彼等は自分達の支配者が誰だろうと拘泥《こうでい》しない。

それこそ、御子柴男爵家の統治が彼等にとって得だと確信出来れば、彼等は何の逡巡《しゅんじゅん》もなく祖国を捨て新たな支配者に頭を下げるだろう。

だが、それは現時点ではただの空想。

既に逆賊として国王より断じられた以上、御子柴男爵家の復権はかなり難しい。

北部征伐が順当に進めば、御子柴男爵家は家名断絶の上で、関係者は連座制の下に処刑《しょけい》されるのは目に見えていた。

そして、その中には御子柴男爵家の経済力を支えていると言われる、ミストール商会やクリストフ商会なども含まれる筈《はず》だ。

正式にはミストール商会をはじめとした商会連合の面々と御子柴男爵家の間に主従関係はないのだが、だからと言って無関係だと見逃《みのが》すほどこの大地世界の貴族階級は甘《あま》くない。

御子柴男爵家に対して協力的だったと見做《みな》されるだけで敵と認定される。

(潰《つぶ》されるか、絞《しぼ》りとられるかはさておき、どちらにせよ今までの様な商売を続ける事は不可能になる筈だろうからな)

そうなれば、北部征伐が終わり、物価の高騰《こうとう》が収束しても、王都に暮らす平民の生活は以前よりも悪くなるだろう。

「そう言えばお前……何時から御子柴男爵に様なんて敬称《けいしょう》を付けるようになったんだよ？　前

は成り上がり者の若造なんて呼んでいたのに？」

相方と話をしていた男の頭に、ふとそんな疑問が湧《わ》いた。

先ほどまで気にならなかったのだが、ふとしたタイミングで気が付いてしまったのだ。

そして、一度気が付いてしまうと、理由を知りたくなるのが人情だろう。

そんな男の疑問に、相方は照れ臭そうに頭を掻《か》いた。

「俺も貴族の連中は嫌《きら》いだ。だが、あの方の話を聞けば聞く程、この国の貴族連中とは違う方だと思えてきて……な」

「お前……」

相方の答えに、顎鬚の男は呆《あき》れる様な声を出す。

何しろ相手は反逆者の烙印《らくいん》を押《お》された大罪人。

そんな人間に敬称を付けて呼ぶなど、危険でしかない。

だが同時に、男は相方の気持ちを理解出来た。

平民は馬鹿《ばか》ではない。

身分差を理解しているから、貴族に媚《こ》び諂《へつら》いはする。

だが、大半の貴族を彼等は憎《にく》み軽蔑《けいべつ》しているのが本当のところだ。

酒場はそのたまりにたまった鬱憤《うっぷん》を爆発《ばくはつ》させる為の場所。

だが同時に、平民は敬意を向けるべき価値のある人間を冷徹《れいてつ》な目で見抜《みぬ》く事が出来る。

つまり、相方にとって、御子柴亮真は敬意を向けるべき存在だという事なのだろう。

「今後この国はどうなるんだかな……」

顎鬚の男はそう言うと、天を仰《あお》いだ。

だが、だからと言って彼等に出来る事など何もない。

嵐が来る事を予測出来ても、彼等に出来るのはただジッと耐え忍ぶ事だけ。

そして、それはこの酒場に居るほとんどの人間にとって共通の認識《にんしき》だった。

この卓を囲む二人に限らず、同じような話題が酒場のあちこちで囁《ささや》かれているのがその証拠だろう。

だからこそ、酒場に屯《たむろ》しては酒を呷るのだ。

苦しく腹立たしい現実から一時でも目を背《そむ》ける為に。

それはこの酒場に居る客も手持《ても》ち無沙汰《ぶさた》な従業員も同じだろう。

だから、誰も気付く事が出来なかった。

ただ一人、異なる想いをその心の奥《おく》に秘めている人間が居た事を。

周囲の様子を伺いながら、壁際に暇《ひま》そうに立ち並んで時間を潰している酌婦達の中に紛《まぎ》れたその女は一人笑《え》みを浮かべる。

(やはりザクス・ミストールと彼の率いる商会連合はやり手の商人達ですね……引《ひ》き際《ぎわ》をよく理解している……)

普通の商人であれば、王都の商圏を手放すのに躊躇うところだ。

何しろ、かなりの利益を上げ始めてきた矢先なのだから。

折角、金を実らせ始めた木を収穫《しゅうかく》前に捨てろと言われて捨てられる人間はまずいない。

確かに、北部征伐が開始され総兵力二十万とも言われる王国軍が派遣されれば、ローゼリア王国北部は文字通り灰燼《かいじん》に帰す。

常識的に考えれば、商売どころではない。

だが、王国軍が動くまで、まだ時間がある事も確かだ。

商人であれば、ギリギリまで商売を続けて少しでも利益を出したいと考える人間も居るだろう。

何しろ、王国軍との戦に負ければ、御子柴男爵家は確実に取り潰されるだろうし、その影響は確実にミストール商会を襲うのだ。

それを切り抜《ぬ》ける為には少しでも多くの金が必要になる。

だが、ザクス・ミストールは目先の利益ではなく、将来の利益を選んだらしい。

王都の商圏から手を引くというのも、その一環だろう。

(流石《さすが》は、御屋形《おやかた》様が認めた商人の一人だけあるという事ですか)

娘《むすめ》であるユリアをザルツベルグ伯爵家に差し出す羽目になっても、ザクスは逆にそれを奇貨《きか》として利用した。

そして、娘であるユリアにザルツベルグ伯爵家の財政一切《いっさい》を管理させせ、それを利用して巨万《きょまん》の富を築き上げげた。

政商としての才覚に優《すぐ》れていた証だろう。

そして、その才覚が今、御子柴亮真という男の命令によって、このローゼリア王国という国を侵食《しんしょく》しようとしている。

今はその為の最初の布石を打ったところだろうか。

(これで全ては御屋形様思惑《おもわく》通り……後は……)

女は沈黙《ちんもく》を守りながら周囲を観察する。

己《おのれ》が任務を果たす為の次なる動きを脳裏《のうり》に思《おも》い描《えが》きながら。

それが影である己が一族の役目なのだから。

# 第一章　戦場考察

その夜、王宮の一角では一組の男女が机を囲んでいた。

その上に広げられているのは、王都の北東に広がるカンナート平原の詳細な地図と、兵士を表す駒《こま》が幾《いく》つか置かれている。

男の名はミハイル・バナーシュ
ローゼリア王国の支配者であるルピス・ローゼリアヌスの腹心であり重臣だ。

そして、そのミハイルに相対する女の名はメルティナ・レクター。

こちらも、王都とその周辺を含む王都圏《けん》と呼ばれる一帯の防衛指揮官という新設された役職を担《にな》う王都防衛の要。

そんな二人が王城の一角で密会するというのは、穏《おだ》やかとは言えない。

何しろ、この二人が王国における全軍の指揮権を握《にぎ》っていると言っても良いだろう。

もし仮にこの二人が結託《けったく》すれば、王都の武力制圧も簡単に出来てしまうのだから。

だが、それほどの権力を持っていても、悩《なや》みは尽きないものらしい。

いや、権力を持つが故に悩みが尽きないというべきかもしれない。

今夜の密会もまた、そんな諸々《もろもろ》の頭痛の種に対しての対処《たいしょ》方針を相談する為の場なのだから。

「それで……あの男はいつ来るのだ？」

地図を睨《にら》みながら、ミハイルはメルティナに尋《たず》ねた。

その声が若干不機嫌《じゃっかんふきげん》な様に聞こえるのは、いったいどんな理由だろうか。

約束の時間はとうの昔に過ぎている。

ミハイルやメルティナの立場を考えれば、非礼などという言葉では済まされないような事態だ。

場合によっては、関係者の首が幾つか宙を飛ぶ羽目になる。

メルティナやミハイルの身分とはそういうレベルの物なのだ。

本来であれば、とうの昔にこの場を立ち去ったとしても何の不思議もない。

ましてや、相手があの男であるとなれば尚更《なおさら》だろう。

とは言え、メルティナもあの男の動向を全て掴《つか》んでいる筈もない。

だから、メルティナは小さく肩《かた》を竦《すく》めて見せた。

「さぁ？　何しろ神出鬼没《しんしゅつきぼつ》な男ですからね。今もどんな悪巧《わるだく》みをしている事やら」

そんなメルティナに対してミハイルは小さく舌打ちをすると、再び視線を地図へと戻《もど》した。

メルティナを問い詰めても埒《らち》が明かないと分かっていたのだろう。

そんなミハイルの態度に、メルティナの口から小さなため息が零れた。

（遅《おく》れるなら遅れると使者を出せばよいものを。我々も暇ではないというのに……あの男にも困ったものだわ）

メルティナ自身もミハイルの言うあの男こと、須藤秋武《すどうあきたけ》には色々と思うところがあるのは確かだ。

それも、単に時間にいい加減であるという様な軽い理由ではない。

何しろ、あの須藤という人物は向背定かならない曲者《くせもの》。

先の内乱時には、ラディーネ王女の側近として貴族派と繋《つな》がりを持っていたし、戦の劣勢《れっせい》を察したゲルハルト元公爵《こうしゃく》がルピス女王へ恭順《きょうじゅん》を申し出た際の調整役を担ったのも須藤だった。

にも拘《かか》わらず、最近では平然と王宮内を闊歩《かっぽ》して独自の人脈を構築している。

その面の皮の厚さときたら、非難を通り越《こ》して賞賛に値するだろう。

そして、だからこそ騎士《きし》としての誇《ほこ》りを重んじるミハイルの様な男とは絶望的なまでにそりが合わない。

（それこそ、以前のミハイル殿《どの》であれば間違いなくこの場から立ち去るか、最悪の場合は剣を抜いていたでしょう）

メルティナとしても、利用価値がある人間だろうと理解はしているが、あまり好んで付き合いたい人間ではないのも確かだ。

しかし、それはミハイルが苛立《いらだ》つ理由の半分でしかない。

この部屋に足を踏《ふ》み入れてから、数十分もの間、ミハイルがただジッと地図上の駒を睨みつけているのには別の理由があるのだ。

（こちらに比べれば須藤が遅刻《ちこく》した事など取るに足らないでしょう……ね）

そして、それはメルティナにとっても同じだった。

以前、ザルツベルグ伯爵家の別邸《べってい》で設けられた夜会の夜に、御子柴亮真《みこしばりょうま》を暗殺しようと計画して失敗した事があったが、その時にはさほどの衝撃は受けなかった。

勿論、それなりの準備をして計画したが、成功すれば儲けものといったレベルでの牽制《けんせい》に近い策謀だった為だ。

それに、今回のカンナート平原で用いた策も究極的には次の決戦に備えての布石という意味合いが強いのも事実だろう。

だが、御子柴男爵家に大した損害を与えられなかったとなると、話はだいぶ変わって来るのだ。

（やはり、何度見ても……）

地図の上に置かれた駒の配置は、先日行われた戦における部隊の配置を正確に再現している。生還《せいかん》した兵士達に幾度《いくど》も確認《かくにん》して作成された報告書を基にしている以上、大きな過《あやま》ちは考えにくい。

問題は、メルティナが見たところこの部隊配置には戦術上、何も問題は無いように見える事だ。

いや、メルティナの目にはクレイ・ニールセンの率いる王国騎士団の方が圧倒的《あっとうてき》に優勢にしか見えない。

勿論、それらは地図上で再現した配置を基にした結論でしかないのは確かだ。

そして、幾ら高い再現性を誇っているとはいえ、兵士の士気や指揮官の心境などは再現しようがない以上、この地図の配置だけを根拠《こんきょ》に結果を推測することが難しいのも分かっている。

しかし、少なくとも、一方的な敗戦を経験するような布陣《ふじん》でない事だけは断言する事が出来た。

それは、目の前で苦虫を噛《か》みしめたような表情を浮かべるミハイルも同じだろう。

だが、現実は違《ちが》う。

そんなメルティナ達《たち》が抱《いだ》いていた目算は、単なる妄想《もうそう》だと言わんばかりに粉々に打ち砕《くだ》かれたのだ。

（ニールセンに勝ちすぎてもらっては困るから態々《わざわざ》理由を付けて兵力を絞ったのに……この配置から、まさか同程度の被害《ひがい》も敵に与える事が出来ないなんて……）

今回の作戦を行うにあたって、メルティナとミハイルは動員兵力に制限を掛《か》けた。

具体的には、ニールセンが団長を務める第五騎士団《きしだん》のみを出撃《しゅつげき》させたのだ。

理由は幾つかある。

まず、戦術的な理由から考えれば、後方に伏《ふ》せた奇襲《きしゅう》部隊の存在を敵に悟《さと》らせない為には兵数は極力絞るべきなのは言うまでもないだろう。

大規模な部隊の移動は、敵兵を撃滅《げきめつ》するのには有利だが、その代償《だいしょう》として敵側の索敵《さくてき》に引っかかる可能性も高めてしまうのだから。

また、敵軍の進行を阻《はば》む盾《たて》役である主力部隊の兵数が多すぎるのも問題だ。

だろう。

隔絶《かくぜつ》した兵力差を見せつければ、御子柴亮真が躊躇する事なく撤退《てったい》を選ぶ可能性も高くなる
それに、カンナート平原近郊《きんこう》に領地を持つ貴族達の助力を得る事も、国王主導の政権を目指すルピス女王にとって不要な借りを貴族達に作ってしまう事も確かだ。

戦術的にも、政略的にも、ニールセンの兵力を制限するという判断は正しい。

ただ、そう言った諸々の理由とは別に、メルティナ達にはクレイ・ニールセンという男に対して含むところがあったのも事実だった。

(ニールセン殿の実力がその程度のものだったとも言えなくはないけれど……)

そんな思いが一瞬、メルティナの心を過る。

だが、同時にそんな筈が無い事をメルティナは理解していた。

ニールセン家はメルティナの実家であるレクター家に匹敵《ひってき》する上級騎士の家であり、王国建国当初から連綿と続く名家だ。

また、クレイ・ニールセン自身も高潔な騎士と言える。

確かに、今は亡きアーレベルク将軍と同じ様に上級騎士の家柄を誇りにしてはいたが、メルティナの知る限り理不尽な処遇を部下に強いる様な事はなかった筈だ。

身分を笠に着て横暴な振る舞いをする人間が多いこの国では珍しい人格者と言えるだろう。

能力的にも問題は無い。

部下達からは信望を集めていたし、指揮官としても一流以上。

実戦経験も豊富でブリタニア王国との戦では敵将の首を討《う》ち取るなど武勲も多い事からもそれには疑問の余地が無い。

心技体に優れ、ローゼリア王家に対して強固な忠誠を抱く王国屈指の騎士だったのは間違いない。

ローゼリア王国の軍部において重責を担う人材だったのは確かだ。

勿論、その点に関してはメルティナも否定する事は出来ない。

実際、メルティナとしても自分達の理想に是非とも協力して欲しい人材だったのだから。

だが、そんな有能な騎士にも問題点はある。

それも、ルピス女王や彼女《かのじょ》を主君と仰ぐ人間達にとって致命的《ちめいてき》ともいえる問題が……だ。

（まぁ、ニールセン殿だけの責任という訳ではないのだけれども……）

クレイの抱《かか》える問題。それは、ニールセン家がアーレベルク家と古くから親しい間柄《あいだがら》だという事に尽きるだろう。

勿論、五百年を誇るローゼリア王国の歴史を考えれば、それは別段不自然とは言えない。

何しろ、身分制度の厳格なローゼリア王国では、平民と騎士や貴族といった支配階級との間で婚姻《こんいん》が結ばれるというのはまず考えられない事なのだ。

勿論、平民を妾《めかけ》や愛人として囲う事はある。

領地の巡回《じゅんかい》中に見つけた領民の娘を手籠《てご》めにするなど珍《めずら》しくもないし、そういった行為《こうい》の結果として生まれた庶子《しょし》など珍しい事ではない。

だが、平民を正妻や側室として正式に迎え入れる事はまずないと言っていいだろう。

基本的人権や平等という概念《がいねん》が浸透《しんとう》した現代の常識から考えればとんでもない差別なのだが、この身分制度が支配する大地世界《アース》ではそれが当たり前なのだ。

だが、その一方で貴族や騎士階級の人間は家名を保つという義務も存在している。

これは、現代社会では考えられないほど強固で絶対的な価値観と言えるだろう。

その結果、限られた支配階級同士の中で婚姻を結ぶしかなくなってしまう訳だ。

実際、ローゼリア王国の支配階級のほとんどが血縁《けつえん》関係を持っている。

そういう意味からすれば、メルティナの実家であるレクター家も状況は同じだった。

実際に親族としての付き合いがあるかどうかはさておき、王国貴族の大半が親戚筋《しんせきすじ》なのだ。

ただ、そんな中でもニールセン家とアーレベルク家に関しては少しばかり事情が異なっている。

先祖が無二の親友だったと伝わるこの二つの家は、連綿と続くローゼリア王国の歴史の中で親密な関係を維持し続けてきた。

そして、ここ十年余りの間で特に強くなっている。

(恐らくは、自らの権勢を維持する為の手段だったのでしょうけれどもね)

権力を握った人間がまず初めに考える事は、自らの立場を守る為に味方を増やす事。

それは、クレイ・ニールセンがホドラム・アーレベルクの二番目の妹を妻にしている事や、クレイの叔母《おば》と姪《めい》がホドラムの叔父《おじ》や甥《おい》に嫁《とつ》いでいることから見ても明らかだろう。

勿論、互《たが》いに上級騎士と言われる名家の家柄《いえがら》だ。

家格としては釣《つ》り合っている。

ただ、その結果として、クレイ・ニールセンは騎士派の重鎮《じゅうちん》としてアーレベルク将軍の盟友ともいうべき立ち位置にいたのは確かだろう。

(本来であればそういった婚姻関係は問題視されないけれど……ニールセン殿は、アーレベルク将軍とあまりにも近すぎるわ)

既に故人ではあるが、それでも騎士派の盟主として長年君臨してきたアーレベルク将軍の影《えい》響《きょうりょく》力が消え去った訳ではない。

ルピス女王の施政《しせい》に不満を持つ人間はいくらでもいるし、その中にはアーレベルク将軍を懐《なつ》かしむような人間も多いのだ。

また、先の内乱が終結した際に、ルピス女王が騎士派の多くを処断出来なかったのも大きいだろう。

(国内の安定や、重要な戦力である騎士達《きしたち》を処断すれば、王国の軍事力を低下させてしまうという判断からの決断だったけれど……)

勿論、その事自体はメルティナも間違っていたとは考えてはいない。

(だが、もう少し人の感情を考慮《こうりょ》するべきだった)

特に誤算だったのは、アーレベルク将軍が権力を握っていた当時に疎《うと》まれ冷遇《れいぐう》されていた人間や、騎士派の横暴によってさまざまな物を失った人間が抱く負の感情とその結果だ。

たとえば、クリス・モーガンはその神憑《かみがか》り的ともいえる槍術《そうじゅつ》の腕《うで》を持ちながらも、騎士として長い間冷遇されてきた。

クリスの祖父であるフランクがエレナ・シュタイナーの側近として重用されていたという事実をアーレベルク将軍が疎んじたからだ。

また、フランクが腐《ふ》肉《にく》病によって死の床《とこ》に伏しているのは、薬を手に入れる事が出来なかったが故の結果だが、それも元をただせばアーレベルク将軍が薬を取り扱《あつか》う商人に圧力を掛けた事に端《たん》を発している。

その結果、クリスはアーレベルク将軍やその一派に対して強い敵意や忌《き》避《ひ》を抱く事になった。

今でこそ、祖父と同じようにエレナの側近としての地位を得てはいるが、だからと言って故アーレベルク将軍から受けた過去の仕打ちが消えてなくなるという訳ではないのだ。

そして、クリスと同じような目にあった人間は多い。

いや、冷遇された程度で済んだクリスはまだマシな方かもしれない。

中には、妻や婚約者《こんやくしゃ》を無理やり手籠めにされた人間や、苛烈《かれつ》な虐《いじ》めに堪《た》えかねて自殺した人間もいるのだから。

そう言った被害者感情が内乱終結後に加害者達へ苛烈なまでにぶつけられた。

因果応報の理は、きわめて普《ふ》遍《へん》的《てき》な物らしい。

(まぁ、当然と言えば当然といえるのだけれども……ね)

犯罪被害者が加害者に刑罰《けいばつ》を与《あた》えたいと思うのも、量刑《りょうけい》に納得いかずに私《し》刑《けい》を加えてやりたいと考えるのも人の感情としては極《きわ》めて自然だ。

強者と弱者の立場が逆転すれば、報復したくなる。

実際、メルティナもそれが分かっているからこそ、今は女王派と呼ばれている子飼いの騎士達の動向を静観した。

ルピス女王が政権を担ってからも一向に良くならない現状への不満に対する、一種のガス抜きという側面もあったのだろう。

(でも、その結果としてニールセン派とも言える派閥《はばつ》が新たに出来てしまったのは大きな誤算だったわ)

被害者には被害者の理がある様に、加害者には加害者の理がある。

仮に加害者側に謝罪の気持ちがあったとしても、その代償として命や全財産を求められて素直《すなお》に払う訳がない。

本来であれば、主君としてルピス女王が融和《ゆうわ》を働きかけるべきなのは明らかだろう。

だが、当時は国内の統制を優先する時期であったし、オルトメア帝国《ていこく》によるザルーダ王国侵攻《しんこう》が起こった時期でもあった為《ため》、何の手立ても講じる事が出来なかった。

そして、時間だけが過ぎていき、小さな火種は既《すで》に手の打ちようがないところまで燃え広がってしまったという訳だ。

(勿論、ニールセン殿に王国への反意はないでしょう)

その事は、メルティナも疑ってはいない。

だが問題は、それでもクレイ・ニールセンと彼《かれ》の派閥はルピス・ローゼリアヌスという女王の治世において邪魔《じゃま》な存在でしかないという点だ。

そして、だからこそ今回の策謀に利用した。

敵と敵を戦わせ、漁夫の利を得る為に。

（カンナート平原での戦はあくまでも次につなげる為の布石……勿論、あの男を討ち取れれば一番良かったが、ニールセン殿が負けても私達に痛手は少ない……敵の手の内を観《み》られたというだけでも利点はある。でも……）

まさか一方的な負《ま》け戦になるのは予想外でしかない。

（ミハイル殿の苛立ちも理解出来るわ……）

見通しが甘いと言えばその通りだが、それなりの費用と時間を掛けた策謀だ。

それをこうもあっさりとひっくり返されれば不機嫌《ふきげん》にもなるだろう。

そんなことを考えながら、メルティナはゆっくりと口を開いた。

「やはり、事前に別動部隊の存在を知っていたとしか思えませんね」

その問いに、ミハイルは地図から顔を上げる事もなく答える。

「だろうな……よほど手練《てだ》れの密偵《みってい》が配下に居るのか、あるいは……」

「こちらの情報が漏《も》れた……と？」

「確証はないがな」

クレイ・ニールセンの戦略は、自分の主力部隊で御子柴亮真の軍を足止めしたのち、タイミングを見計らった上で後方に伏せた別動部隊を側面より突撃《とつげき》させるというものだ。

奇襲作戦としては取り立てて奇抜《きばつ》という訳でもないオーソドックスなものだ。

強いて言うならば別動部隊を二つに分けた点が独創的と言えるくらいだろうか。

基本に忠実な面白《おもしろ》みに欠けた作戦。

実直な性格のクレイ・ニールセンらしい用兵だろう。

（それが裏の裏を掻《か》かれた……確かに、兵を伏せていると知らなければ）

メルティナが地図の上に置かれていた駒を動かす。

後方の森の中にクレイが伏せていた別動部隊は敵の側面を突《つ》く為に戦場を迂回《うかい》して進軍していたのだが、そこをロベルト・ベルトランとシグニス・ガルベイラが率いる部隊に急襲《きゅうしゅう》され壊《かい》滅《めっ》。

文字通り鎧袖一触《がいしゅういっしょく》だったらしい。

その後、敵部隊を壊滅させて士気が高揚《こうよう》したシグニスとロベルトは、そのまま後方からクレイの本陣目掛《ほんじんめが》けて切り込んだのだ。

ミハイルはゆっくりと顔を上げて天井《てんじょう》を見上げ呟《つぶや》いた。

「何故《なぜ》別動部隊の存在を見破る事が出来たのかはハッキリしないが……あの男が【イラクリオンの悪魔】と呼ばれるのも当然だ……な」

それは、苦々しい敵の実力と脅威《きょうい》を認識した言葉。

だが、メルティナはその言葉にミハイルの武人としての嫉妬《しっと》と羨望《せんぼう》、そして敬意が含《ふく》まれている事を感じた。

何故ならそれは、メルティナ・レクターという女が心の奥底《おくそこ》に抱いていた感情と同じものなのだから。

いや、武人としての矜持《きょうじ》を持つものであれば誰《だれ》もが抱く想《おも》いなのかもしれない。

だが、何事にも例外は存在する。

「カンナート平原での戦を再現ですか。随分《ずいぶん》とご熱心に見ておられたようですなぁ」

突然《とつぜん》、第三者に背後から声を掛けられ、メルティナは素早《すばや》く振《ふ》り返った。

そして、声の主の顔を確認して鋭《するど》い舌打ちをする。

「須藤……」

ようやく姿を現した待ち人に対して、メルティナは鋭い視線を向けた。


メルティナの視線を受けて須藤は小さくため息をつく。

(冷たい目ですねぇ……随分と嫌われたようだ)

蔑《さげす》みや敵意の含まれた光。

まぁ、数時間も遅れて来た人間を温かく迎《むか》え入れる人間は少ない。

そう言う意味からすれば、メルティナの対応は間違《まちが》ってはいないだろう。

須藤としても、流石にメルティナの態度《たいど》に文句を言うつもりはない。

だが、メルティナはそれ以上、何かを言うつもりはない様だ。

諦観《ていかん》の念からなのか、はたまた別の意図なのかは分からない。

最低限の意趣《いしゅ》返しはしたと言ったところだろうか。

もっとも、もう一人の被害者《ひがいしゃ》であるミハイルの方は黙《だま》って迎え入れるつもりはないらしい。

「散々遅刻した挙句、ノックもなしとは、礼儀《れいぎ》を知らぬ男だな。下賤《げせん》の身とは言え陛下の城を徘徊《はいかい》するのであれば最低限の礼儀位身に付けてほしいものだ」

そういうと、ミハイルは須藤を一瞥《いちべつ》すると鼻を軽く鳴らした。

聞きようによってはかなり傲慢《ごうまん》ともいえる言葉。

だが、少なくともその言葉に過ちはない。

いや、嫌味《いやみ》で話が済めば御《おん》の字《じ》だろう。

普通《ふつう》ならば物理的に首が宙を飛ぶのだから。

だが、そんな二人の態度を前にしても、須藤は平然としている。

普通の人間であれば、此処《ここ》で慌《あわ》てて謝罪するのが大半だろうが、普段《ふだん》と変わらない薄《うす》ら笑《わら》いを浮《う》かべながら悠然《ゆうぜん》と机に向かって歩き出す。

そして、悪びれた様子もなく口を開いた。

「まぁまぁ、私も色々と忙《いそが》しいのですよ。大分お待たせしてしまったのは事実ですが、この国の為に昼夜を問わずに働く哀《あわ》れな身の上をご考慮頂きたいですなぁ」

だが、須藤のそんな忠義溢《あふ》れる言葉に対して返ってきたのは、ミハイルの胡乱《うろん》げな表情。

「ふん、本当に我《わ》が国《くに》の為を思って働いているのなら……な」

その言葉に、須藤は肩を軽く竦めて見せる。

今更《いまさら》他人から疑惑《ぎわく》の視線を向けられたところで、須藤秋武は平然と受け流す事が出来る。

その面の皮の厚さは天下一品と言って良いだろう。

「人聞きの悪い事を……私がどれほどこの国の為に働いているかはミハイル殿にもご理解頂けていると思っていましたがねぇ」

両者の視線が地図の上で火花を散らす。

もっとも、須藤の言葉をミハイルは否定するつもりもない様だ。

以前とは違い、感情を抑える術を学んだのだろう。

同僚の成長を目のあたりにしてメルティナも思わず笑みを浮かべている。

そんなメルティナの顔を横目に、須藤は地図の置かれた机へ向かって足を進めた。

そして、地図の上に置かれた駒の位置を確認すると、深いため息をついた。

「しかし……御子柴亮真という男は実に厄介《やっかい》ですなぁ」

須藤の口からそんな言葉が零《こぼ》れる。

その言葉に含まれているのは感嘆《かんたん》か皮肉か。

奇襲部隊の存在は極秘《ごくひ》だった。

今回の首謀者であるメルティナとミハイルを除けば、策の全容を理解していたのは本隊を率いるクレイ・ニールセンだけだ。

とは言え、敵の斥候《せっこう》に気付かれない保証はない。

それが分かっていたからこそ、クレイは奇襲部隊を二つに分け、本体からかなり後方の森林地帯の中に伏せたのだ。

メルティナ達の助言に従って……。

だが、その所為《せい》で各個撃破《げきは》の機会を御子柴亮真に与えたのは事実だろう。

「この配置……少なくとも奇襲部隊を二つも伏せて保険を掛けていたにも拘《かかわ》らず、奇襲部隊の両方を撃破してみせた」

そう言いつつ御子柴男爵《だんしゃく》軍を表す塊《かたまり》から騎馬隊《きばたい》表す駒を手に取ると、須藤は大きく弧《こ》の様な軌道《きどう》を描きながら森林地帯に置かれた奇襲部隊へ向けて動かす。

「まぁ、包囲殲滅《せんめつ》戦は敵の囲い込みが完成しなければ、逆に各個撃破の機会を敵に与えてしまいますからねぇ」

「そんな事は分かっている……私もメルティナ殿もその可能性は考慮していた……」

須藤の言葉に、ミハイルが苦虫を噛み潰した様な表情を浮かべて答える。

そんなミハイルに向けて須藤は何時《いつ》もと変わらない笑みを浮かべた。

もっとも須藤は別にミハイルを馬鹿にする気持ちはない。

(実際、包囲殲滅戦は戦術としてはかなりの大技《おおわざ》ですが、戦術的に問題があったとは思えませんからね)

包囲殲滅戦は極めて難易度の高い戦術だ。

その肝《きも》は各部隊の連携《れんけい》と言えるだろう。

（例えば、戦国時代に薩摩《さつま》大隅《おおすみ》を根拠地《こんきょち》に九州全土に猛威《もうい》を振るった島津《しまづ》家のお家芸である釣り野伏せなどは、包囲殲滅戦の代表的な戦術でしょうかねぇ。まぁ今回の戦術はニールセン卿《きょう》の本隊を囮《おとり》として配置し、囮役と交戦中の御子柴男爵軍の側面を後方に伏せた奇襲部隊によって左右から同時に襲《おそ》うという戦術ですから、釣り野伏せとは少し違いますが、同じベクトルの考え方と言って良いでしょう）

勿論《もちろん》、メルティナやミハイルは釣り野伏せという言葉を知らない。

だが、世界は異なっても同じ人間の考える事らしい。

釣り野伏せとは敵の攻撃《こうげき》によって退却《たいきゃく》を始めたと相手に誤解させながら後退し、兵を伏せている地点まで誘引《ゆういん》して屠《ほふ》る戦術だ。

この戦術を活用し、島津家は多くの戦に勝利を収めてきた。

問題は、それほど有効な戦術を他の戦国大名が多用しなかった事にある。

勿論、似たような事例は幾つも存在している。

だが、それはあくまで長い戦国時代の歴史の中で、全国的に見て類似例《るいじれい》があるという事。

あくまで、お家芸とまで言われて恐《おそ》れられたのは島津家のみだ。

その最大の理由は、釣り野伏せを成立させる為の前提条件の困難さがあるだろう。

偽《にせ》の退却を実施《じっし》するというのは言葉で言うほど簡単ではない。

情報伝達手段が限られた世界では、旗や鐘《かね》などの音などを用いて兵士に指令を出す訳だが、当然細かい指示は出せない。

前に進めや退却しろといった単調な命令にならざるを得ないのだ。

その為、兵と指揮官との間に認識の齟齬《そご》が生じやすい。

そして、一度形勢不利だと兵が感じてしまえばそれだけで部隊は壊滅する。

誘引部隊には統率《とうそつ》の取れた撤退が求められるが、これが何よりも難しい。

それに、誘引してくる本隊と奇襲部隊のタイミングを合わせる事も困難だろう。

そう言った諸々の要因により、釣り野伏せはその効果が高い必殺の戦術であると同時に、一発逆転の博打《ばくち》に近い策でもある訳だ。

(とは言え、メルティナさん達の判断が悪かったとも思えませんけどね)

確かにメルティナ達は、クレイが率いる部隊の兵力を制限した。

だが、包囲殲滅戦に重要な連携という観点で見ると、クレイが団長を務める第五騎士団のみで出陣《しゅつじん》させた事は決して誤った判断ではない。

軍の編制を考える際に問題となるのは、指揮系統が異なる部隊を合流させた場合だ。

軍とは簡単に言ってしまえば人の集団。

そして、同じ釜《かま》の飯を食う仲間と言う言葉がある様に、人は他人との信頼《しんらい》関係を構築する為に、長い時間を要する生き物なのだ。

だから、同じローゼリア王国の兵士であっても、部隊が異なれば仲間と言う意識は薄くなる。

少なくとも、同じ小隊の仲間と同じような親しみを、他の部隊のメンバーに抱く事は少ないだろう。

そしてそれは、戦場においても同じ事がいえる。

阿吽《あうん》の呼吸と言う言葉があるが、その為には相手への理解が必要不可欠だ。

（連携の取れない軍隊は、ただの烏合《うごう》の衆でしかないですからね）

簡単に言えば平民を徴兵《ちょうへい》した場合だ。

彼等は自軍が有利であれば勢い込んで突進《とっしん》するが、一度形勢が不利となれば我先にと逃散《ちょうさん》する。

忠誠心はおろか、周囲の状況《じょうきょう》も戦況《せんきょう》も考慮などしない。

ただただ自分自身の保身だけを追い求める。

兵の頭数を揃《そろ》えるという観点で言えば、徴兵は決して悪い選択肢《せんたくし》ではないのだが、額面通りの戦力になるかといえば微妙《びみょう》なところと言うのが本音だろう。

ただ、流石に第五騎士団に平民を徴兵して編成するなどと言う無謀《むぼう》を選ぶ訳もない。

同じローゼリア王国に仕える別の騎士団から派遣《はけん》した筈だ。

だが、やはり指揮系統の異なる部隊の編制にはリスクが付き纏《まと》う。

プロ野球で各球団から金で主力選手ばかりを集めたチームが、大した有力選手もいないチームにあっさりと負けてしまう事があるが、それはチームとしての連携が上手《うま》くいっていないからだと言える。

それと同じ事だ。

（メルティナさん達の口ぶりではニールセン卿の兵力に制限を掛けた事を失策だと考えている

ようですが、むしろ他の部隊を合流させた方が不味《まず》い事になったでしょうねぇ……)

別にメルティナ達を擁護《ようご》する気はない。

だが、公平な視点で判断すると、どうしてもメルティナ達の判断に間違いがあったとは思えないのだ。

(となると……やはり問題は……)

須藤は再び地図へと視線を戻す。

確かに須藤秋武にとって、カンナート平原における御子柴亮真の勝利は想定通りではあった。

そう言う意味からすれば、予想は的中したと言っていいだろう。

(だがそれはあくまでも、勝敗に関してのみですからね……)

須藤の想定では、確かに御子柴亮真の勝利でカンナート平原の戦は終わる。

ただしその場合、御子柴男爵軍はその戦力を半分程度《ていど》にまで減らしている筈だったのだ。

だが、戦後の調査報告では、カンナート平原に横たわる死体の大半が、ローゼリア王国の兵士だった。

(第五騎士団の総兵力は約二千五百から三千ほど。それに対して御子柴男爵軍の方は五百前後だった筈《はず》……)

最大で六倍近い兵力差をひっくり返した事になる。

確かにカンナート平原での戦いは、来るべき戦の前哨戦《ぜんしょうせん》。

歴史的に見ても大した意味はないだろう。

強《し》いて言えば、今後行われる北部征伐の引き金になったと歴史書に記される程度だ。

だが、その内容は戦史に輝《かがや》かしい足跡《あしあと》を刻み込んだ。

（その上、ニールセン卿を戦死させるとは）

敵軍の指揮官を戦場で討ち取るというのは、言葉にするほど容易《たやす》くはない。

人間の命は基本的に同じ価値を持つが、身分や立場によってその価値が変動するのは当たり前の事だ。

王と奴隷《どれい》。

命が持つ基本的な価値は確かに同じだろう。

でも、社会的立場の差が両者の命の値段に差を付ける。

前者は重く、後者は軽い。

良い悪いではない。

それが当然の事。

そしてそれと同じ様に、戦場において指揮官と前線で敵と直接的に矛《ほこ》を交える一兵士の命の値段は同等ではない。

一兵士の代わりは幾らでもいるだろうが、戦の指揮をとる事の出来る指揮官の数は限られるのだ。

当然、指揮官の多くはその周辺を十重《とえ》二十重《はたえ》の防衛陣《じん》で固めている。

それに戦の形勢が不利だと判断すれば、指揮官は退却するという選択《せんたく》を取る事も出来る。

# カンナート平原の戦い 2

《RECORD OF WORTENIA WAR》

これも、一般《いっぱん》の兵士にはない権利。

（それはつまり、クレイ・ニールセンが退却を決める前に勝負を決したという事だ）

最初、御子柴亮真の率いる部隊と囮役の本隊が開戦した際に、ニールセンは後方に伏せた奇襲部隊に伝令を送ったらしい。

だが、それこそが御子柴亮真の待っていた好機。

ニールセンからの連絡《れんらく》を受けて森林地帯から戦場目掛《めが》けて行軍していた奇襲部隊を、ロベルト・ベルトランとシグニス・ガルベイラの二人が襲った。

東側の奇襲部隊を襲ったのがロベルト・ベルトラン。

西側の奇襲部隊を襲ったのがシグニス・ガルベイラ。

奇襲部隊の生き残りの話では、どちらも百から百五十騎《き》の騎《き》兵《へい》部隊だったらしいが、その先頭を駆《か》ける指揮官はまさに鬼神《きじん》の強さを発揮したらしい。

唸《うな》りを上げて振るわれる戦斧《せんぷ》や鉄棍によって、文字通り人が宙を舞《ま》い、御子柴男爵軍の側面を突こうとしていた奇襲部隊は鎧袖一触《がいしゅういっしょく》で撃破された。

（まぁ、この段階で勝敗は既に決したと言っていいでしょうね……）

須藤の手により、地図上に置かれていた奇襲部隊を示す駒の二つが取り除かれる。

ミハイルやメルティナは顔を顰《しか》めながらも須藤の動きを見つめる。

苦々しい現実だが、認めない訳にはいかないと言ったところだろう。

（その後、奇襲部隊を撃破したロベルト・ベルトランとシグニス・ガルベイラの率いる部隊が

# カンナート平原の戦い 3

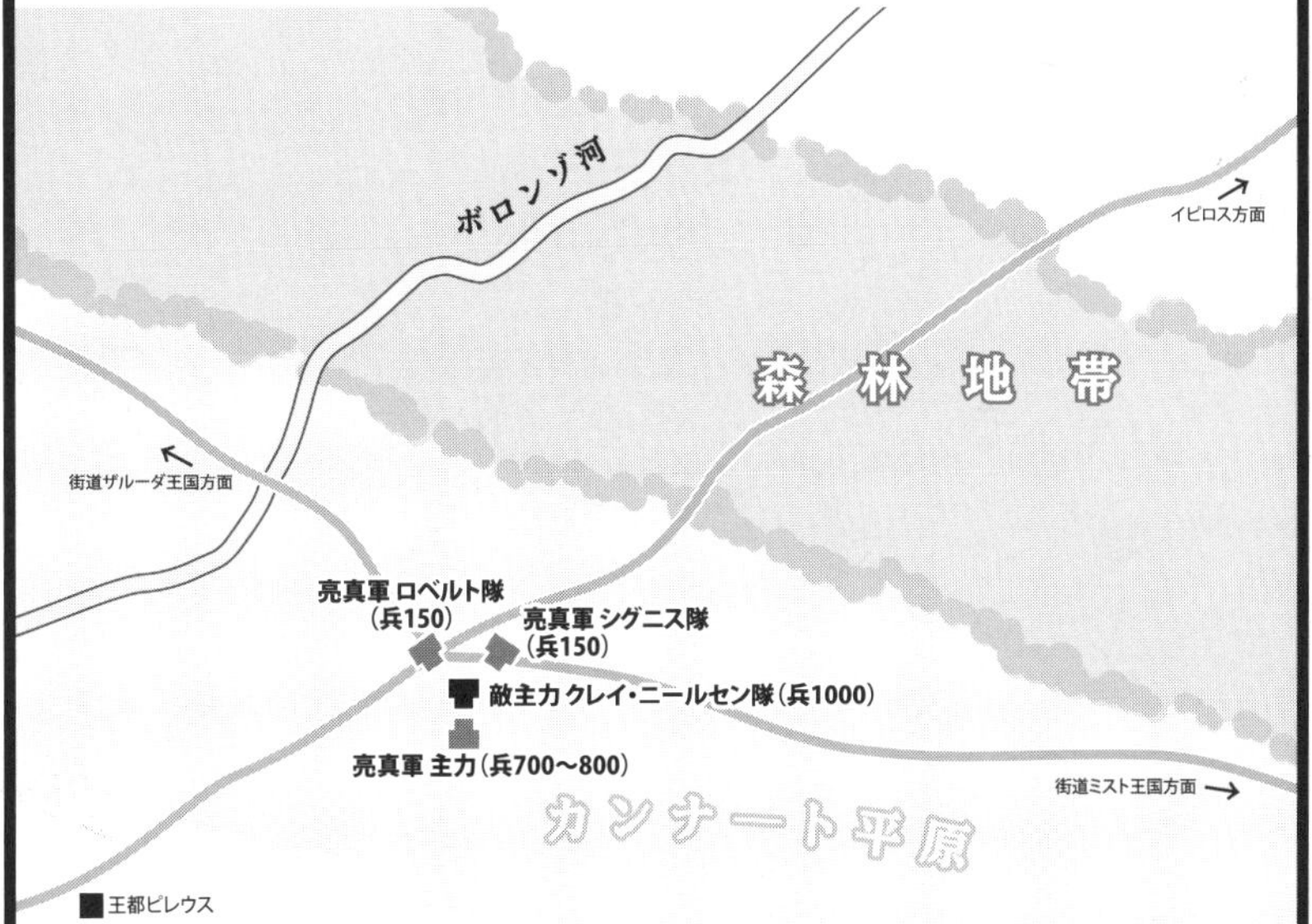


《RECORD OF WORTENIA WAR》

御子柴亮真の足止めをしていた本隊の後方から突撃、結果、陣形《じんけい》は大いに崩《くず》されニールセン卿は戦死。御子柴亮真達は合流後に本拠地《ほんきょち》である、ウォルテニア半島へと戻った……と)

駒を地図上で動かした事に因《よ》って、戦場のイメージが須藤の脳裏に鮮明《せんめい》に映し出される。

そして、ミハイルやメルティナが何時までもこの地図を睨みつけている理由を理解した。

(確かに、知れば知るほど納得《なっとく》は難しいでしょうね……)

何故、ニールセンの後方に伏せていた奇襲部隊の存在に御子柴亮真が察知出来たのかは未《いま》だに分からない。

それが分からないから、ミハイルとメルティナは感情的に受け入れられないのだ。

そして、何時までも存在しない己の瑕疵《かし》を必死で探し求めてしまう。

(ただまぁ、恐らくは御子柴浩一郎《こういちろう》さんのおかげでしょうね)

須藤にとってもそれはあくまで仮説の域を出ない。

だが、その仮説が十中八九正しいと考えている。

(当時は、この王都ピレウスに滞在されていたというお話ですからね……)

須藤は以前、組織の長老の一人である劉大人《ターレン》こと劉仲健《ちゅうけん》より面会を申し込まれた事がある。

ただその時は結局、須藤と浩一郎が顔を合わせる事は無かった。

しかし、組織の人間にとって御子柴浩一郎と言う人間の名前は絶対的な英雄《えいゆう》の一人。

それはたとえ、須藤であっても無視は出来ない重みを持つ。

だから、須藤は組織の人間に御子柴浩一郎に対して便宜《べんぎ》を図《はか》る様に裏で手を回しつつ、監視《かんし》の目を向けてきた。

当然、御子柴浩一郎が桐生飛鳥《きりゅうあすか》と言う少女を追って、このローゼリア王国の王都ピレウスに居た事も把握《はあく》している。

勿論、組織の表の顔であるギルド直営の宿屋に宿泊《しゅくはく》していた事も含めてだ。

（だが、その彼等が宿屋から消えた。桐生飛鳥をこの王都に置いたままで……）

となれば、御子柴浩一郎の行先など言うまでもないだろう。

勿論、ルピス女王側の情報を取得した上で……だ。

そして、貴族院を脱出《だっしゅつ》した亮真の下にその情報を伝えた。

（全く、彼は本当に私の予想の斜《なな》め上を行く人ですねぇ……）

そんな感情が心の奥から込み上げてきた須藤は忍《しの》び笑いを漏らす。

そして、そんな須藤に対して、メルティナとミハイルは訝し気な視線を向けてくる。

だが、今の須藤にそんな二人の視線を考慮している余裕《よゆう》はない。

腹の底から込み上げてくる哄笑《こうしょう》を噛み殺すだけで精いっぱいなのだから。

実際、この部屋に須藤一人だけだったとしたら、腹の底から笑い声を上げたはずだ。

（まぁ、結論を焦《あせ》る必要はありません……とりあえずは次の大戦をどのように切り抜《ぬ》けるのか、お手並みを拝見してからでも良いでしょう。もし彼が次も切り抜けられるとしたら……）

それは、自らの願いを適《かな》える為の最期《さいご》の一欠けらを見つけたかもしれないという期待が生んだ高揚感だろう。

「須藤……貴様、何を考えている？」

須藤の肩の震《ふる》えが収まり、平静を取り戻したところにミハイルが声を掛けた。

（おッと、いかんいかん……）

その問いに、須藤は内に秘《ひ》めた願いを隠《かく》しつつ、慎重《しんちょう》に口を開く。

「いえ、御子柴亮真と言う男は実に運が良いと思いましてね」

実際、その須藤の言葉は彼の本心だ。

そしてそれは、メルティナとミハイルの悩みを解決する為のヒント。

今は協力関係を構築しているメルティナ達へのプレゼントと言ったところだろうか。

しかし、その言葉の意味が分からずメルティナが首を傾《かし》げる。

「それはどういう意味？」

そして、その言葉にミハイルが小さく頷《うなず》くところを見ると、彼等は共に須藤の言葉の意味が分からなかったらしい。

そんな二人に、須藤は軽く鼻を鳴らした後、徐《おもむろ》に口を開く。

「いえね、どんなに知恵《ちえ》を絞《しぼ》って事前に準備をしても運の無い人間は何をやっても失敗しますし、天運を持つ人間と言うのは必要な時に然《しか》るべき対応手段が準備されているもの……という事なのですよ」

もし、御子柴亮真の下に、奇襲部隊の情報が齎《もたら》されていなければ、カンナート平原の戦の結果はまるで違ったものだっただろう。

もし、御子柴亮真の下に、ロベルト・ベルトランとシグニス・ガルベイラと言う猛将《もうしょう》が仕えていなければ、あれほど短時間に奇襲部隊の撃滅など出来なかったに違いない。

もし、御子柴男爵軍の本隊を指揮するのが【紅獅子《べにじし》】という異名を持つ元傭兵《ようへい》のリオネでなければ、兵力差に因って、ロベルト達が急襲する前に本陣《ほんじん》を落とされていた可能性もある。

もし、もし、もし……無数に連なるもしと言う仮定に対して、御子柴亮真はその全《すべ》てに最適解とも言うべき答えを出して見せた。

だからこそ、大きな損害もなく城塞《じょうさい》都市イピロスへと帰還《きかん》出来た訳だ。

「勿論、御子柴亮真と言う男の能力は認めています。カンナート平原の勝利も、突き詰《つ》めていけば彼の用心深さが全ての根底ではあるでしょうし、それを否定はしません……ですが、同時に彼の能力以外の部分での要因も大きい」

「だから運が良いと?」

「ええ……」

その言葉に、ミハイルの唇《くちびる》から、鋭い舌打ちが零れた。

戦場を駆け抜ける戦士にとって、運は何よりも大切なもの。

命を失うリスクがある戦場に赴《おもむ》くことが戦士としての義務である以上、人知を超《こ》えた存在に武運長久を願うのは当然だ。

その、人知を超えた何かを不倶戴天《ふぐたいてん》の敵と見定める御子柴亮真が持っていると言われて面白く思える筈もない。

だが、そんなミハイルとは裏腹に、メルティナは楽しそうな声を上げる。

「運ですか……それは良い事をお聞きしました。運ではどうしようもありませんからね」

その言葉にミハイルは目を見開いて驚《おどろ》く。

だが、メルティナはそんなミハイルに向けてゆっくりと首を横に振って見せる。

「運否天賦《うんぷてんぷ》は時の運。それを悲観しても始まりません。それに、運とは何時までも絶頂ではいられないもの。必ず衰《おとろ》える時が来ます……だから、あの男の運が衰えるまで一の矢を防がれたのであれば二の矢を、二の矢を防がれたのであれば三の矢を射ればよいだけの事」

そう言い放つメルティナ。

先ほどまでの無表情な顔とは打って変わり、メルティナの目に殺気が宿る。

その変貌《へんぼう》に、須藤は静かにほくそ笑《え》む。

(やはり、彼女に必要なのは自信でしたか。まぁ、まだ若いですからねぇ)

ルピス女王の側近として、メルティナは若くして高位に就《つ》いている。

人は、そんな彼女を虎《とら》の威《い》を借《か》る狐《きつね》だとか、太鼓《たいこ》持ちなどと陰《かげ》で嗤《わら》っている。

だが、自分に実績がない事などメルティナも理解しているのだ。

そして、地位に相応《ふさわ》しい能力を得ようと日夜努力をしている。

最善を尽《つ》くしたという自負と、何かを見落としたのではないかという不安との戦い。

メルティナがカンナート平原で起きた戦の戦況を必死で分析《ぶんせき》していたのは、自らの判断に瑕疵がある事を恐れたからだ。

そして、幾《いく》ら見直してもその瑕疵が分からなかったからこそ、悩《なや》み続けた。

だが、須藤の言葉を聞き、メルティナの心の中で欠けていた何かに、須藤の言葉が嵌《はま》った。

その結果が今のメルティナの表情だろう。

「それに幾らあの男が強運であろうとも、それ以上の物量で押《お》し潰《つぶ》してしまえばそれで終わりです。その為に、今総兵力二十万という規模の北部征伐《せいばつ》の兵を編制中なのですから」

そう言うと、メルティナは哄笑を部屋に響《ひび》かせた。

そして、目の前で薄ら笑いを浮かべている胡散臭《うさんくさ》げな男に向かって高らかに宣言する。

「だから須藤、貴方《あなた》にも協力してもらいますよ」

それが、自らの敬愛する主の為になると信じるが故《ゆえ》に。

そしてそんな同僚《どうりょう》の言葉に、ミハイルはただ無言のまま頷いた。

会談が終わり、須藤が部屋を出ていく。

その後姿をミハイルとメルティナは無言のまま見送った。

その目に映る光は冷徹《れいてつ》で冷酷《れいこく》な氷の様な視線。

それを須藤が見ていたら、きっと二人を見直した事だろう。

それは侮《あなど》りや見下しといったある意味人間らしいと言える感情からではない。

自分自身を中央に置き、他者との関係をプラスかマイナスで判断する、人を駒《こま》として扱う人間の目だ。

「あの男……やはり食わせ者だな……」

「ええ……でもそれは、ミハイル殿《どの》も最初から分かっていた筈……」

その言葉に、ミハイルは小さく頷く。

「分かっている……陛下の理想の為には、ああいった手合いを上手く操《あやつ》る必要があるのは認める……その為なら、騎士《きし》の誇《ほこ》りなど捨てるだけだ」

「はい……貴族達の力を削《そ》ぎ、この祖国を本当の意味で陛下が統治する国にする為には、奇麗《きれい》ごとを言うのは止めます。その為にも、あの男を最大限に利用しましょう……そして、必ずや理想を……」

二人は互いに頷き合う。

ルピス・ローゼリアヌスの為に……。

それが、彼等の正義であり信念なのだから。


二人との会合が終わった須藤秋武は、王都ピレウスの裏路地を歩いていた。

その顔に浮かぶのは悪魔《あくま》の様な笑み。

この顔を見れば、メルティナやミハイルは、決して須藤を利用しようとはしなかっただろう。

(総兵力二十万……まさに国家の存亡をかけた戦ですねぇ)

貴族院で御子柴亮真が起こした殺戮《さつりく》は、それだけローゼリア王国に属する貴族達《たち》の怒《いか》りを買ったという事だろう。

その結果、今も王都郊外《こうがい》の平野に続々と周辺貴族達が兵を駐屯《ちゅうとん》させ始めている。

そして、その数は日増しに増えていた。

ローゼリア王国の南から遠路はるばる派遣された軍も多い。

メルティナの言う総兵力二十万というのも決して誇張《こちょう》ではないだろう。

文字通り、ローゼリア王国の貴族達の軍が一堂に会する事となる。

一介《いっかい》の田舎《いなか》領主を攻《せ》めるには大げさな戦力。

御子柴男爵家とローゼリア王国軍の戦力差は十倍以上だろう。

（まぁ、普通に考えれば、勝敗は見えていますが……ね）

それでも、ローゼリア王国が必ず勝つと断言出来ないのは、須藤が御子柴男爵家の力をその目で確かめているが故だろう。

須藤は組織から手配された狙撃手《スナイパー》に御子柴亮真の腹部を狙撃《そげき》させた後、一人カンナート平原に残って戦の趨勢《すうせい》を見届けていた。

その脳裏《のうり》に浮かぶのは御子柴男爵家の兵士一人一人の精強さ。

（機動力、堅固《けんご》さ、そして攻勢《こうせい》に出た時の突破《とっぱ》力……どれも、一流以上ですね。その上、指揮官も優秀《ゆうしゅう》です……）

須藤の脳裏に、カンナート平原の戦いで、本陣の防衛と遅滞戦闘《ちたいせんとう》を指揮していた女の顔が浮かぶ。

（【紅獅子】のリオネは傭兵時代から凄腕《すごうで》とは言われていましたが、御子柴男爵軍の本体にさほど被害《ひがい》を出さずに時間を稼《かせ》いだ力量は大したものです。恐らく、戦場全体を見通す視野が広いのでしょうね。それこそ天眼通でも持っているのでしょうかねぇ？）

有り得ないと分かっていても、そんな考えを浮かべてしまい、須藤は一人苦笑いを浮かべる。

天眼通とは、仏教用語で全てを見通す目の事を指す。

勿論、リオネにそんな超能力《ちょうのうりょく》じみた力は無いだろう。

だが、そんな言葉が須藤の脳裏に浮かぶ程度には視野が広い。

本人の資質か傭兵時代に数多《あまた》の戦場を経験した事に因って会得《えとく》したのかは分からないが、軍の指揮官として卓越《たくえつ》した能力を持っている事だけは確かだ。

また、前線指揮官としても有能で、攻守《こうしゅ》が高い次元でまとまっていてバランスが良いというのも評価のポイントとしてはかなり高いだろう。

前線指揮官も後方指揮官も担《にな》える、いわば万能型《ばんのうがた》の将だ。

どこかの国に仕官すれば、将軍として迎え入れられる事は間違いない。

（それに加え、ロベルト・ベルトランとシグニス・ガルベイラの突破力は、オルトメア帝国の近衛騎士団《このえきしだん》でも防ぐのは難しいでしょうね……一対一であればともかく、戦場で彼等と渡《わた》り合える組織の人間が何人いる事やら……）

カンナート平原の戦いで、二人は戦の勝敗を決定づけるだけの力を持つ存在である事を見せつけた。

その技量は、まさに人の枠《わく》を超えた存在と言っていいだろう。

その上、彼等は個人の武勇に優《すぐ》れているだけではなく、前線指揮官としても卓越した能力を持っている。

（奇襲《きしゅう》部隊を迎撃《げいげき》したのちに見せた敵本陣の撃破などは……まさに芸術的でした）

包囲殲滅戦を行うにあたって、最大のポイントは分散した部隊間の連携だろう。

特に、奇襲をかける実行部隊がクレイ・ニールセンの本陣に切り込むタイミングはかなり難しかった筈だ。

だが、その難しい連携を彼等は完璧《かんぺき》に実行して見せた。

（【ザルツベルグ伯爵家《はくしゃくけ》の双刃《そうじん》】と言う異名の真価を、まざまざと見せつけられた気分ですねぇ）

個人の技量と言う意味であれば、組織の中にも二人に匹敵《ひってき》する人間は何人かいる。

須藤自身、彼等を殺すだけなら可能だろう。

だが、戦場での殺し合いは集団戦。

単なる個人の技量以上の物が必要になってくるとなると、組織の人間でも戦場で二人に勝てると言い切れる人間は極めて限られてくる。

（それに加えて、御子柴亮真と彼を支える双子《ふたご》の娘達《むすめたち》……実に面白い。少なくとも大穴に賭《か》けてみようという気にはさせられますねぇ）

兵の質や将の質は御子柴男爵家の方が上と見て良い。

つまり、ローゼリア王国側で確実に御子柴男爵家より上と言い切れるのは兵の数だけだ。

（ただ、その数が問題ではありますが……幾ら烏合の衆とは言え、数の力は侮れません。アレに勝つ為には策が必要でしょうね）

御子柴亮真が何か策を巡《めぐ》らせているのは、須藤も勘《かん》づいては居る。

城塞都市イピロスの占領《せんりよう》は続けている様だが、兵数は半分近くまで減っているというのが、組織が放った密偵からの報告だ。

恐らく、何らかの策謀《さくぼう》の為に軍の再編成が必要で、部隊を本拠地へと戻《もど》したのだろう。

ただ問題は、その策が何なのか須藤にも読み切れない点だ。

(可能性として最も高いのは、ルピス女王に不満を持つ貴族達を取り込む事ですが……)

須藤がもし御子柴亮真の立場ならば、確実に貴族達へ調略を仕掛ける。

兵力差を埋めるには最も効果的な策略だと言えるだろう。

(ただその場合、誰か女王派の中に味方が必要となりますねぇ……ベルグストン伯爵達は今回の騒動で領地を放棄していますから……)

先の内乱時から共に戦っていた盟友であるベルグストン・ゼレーフの両伯爵であれば、貴族達の切り崩しには最適な人材と言えるだろうが、流石に今の状態では身動きは取れないだろう。

その上、仮に動いたところで成果はあまり見込めない。

メルティナやミハイルもその辺の事は既に対策済みなのだから。

つまり、今から動いても遅いという事だろう。

だがその時、須藤の脳裏に一人の男の顔が浮かんだ。

その男の名は、フリオ・ゲルハルト。

貴族派の首領にして、先の内乱を起こした首謀者の一人。

(確かにゲルハルト子爵はルピス女王へ含むところがあるでしょう……ね)

何しろ、一度は偽の王女であるラディーネを担ぎ上げて、ルピス女王と矛を交えたのだ。

須藤の交渉もあって最終的には子爵位への降格等の処分で済みはしたが、これほど調略を仕掛けるのに都合の良い人間は居ないだろう。

だが、その可能性を須藤は直ぐに否定する。

(まぁ、特権意識に凝り固まったようなゲルハルト子爵が平民上がりの御子柴男爵と手を結ぶとは思えません……それに、ルピス女王側が公爵位への復権と引き換えに交渉した結果、子爵は今度の戦に全面協力していますからねぇ)

実際、ゲルハルト子爵の呼びかけに応じて、兵を出す家が増えていると聞く。

子爵に降格されたとはいえ、長年育んだ影響力はそう簡単に消えて無くなる訳ではないという事だろう。

少なくとも、表面上は公爵位への復権を目指して忠勤に励んでいる様に見える。

(とは言え、ゲルハルト子爵の思惑が今一つ読み切れない事も確かです……絶対にありえないとは言い切れません……か)

以前からの伝手《つて》もあり、須藤はゲルハルト子爵と未だにと親交があった。

だが、最近ではかなり疎遠《そえん》になっている。

ゲルハルト子爵自身が、北部征伐の為に自分の領地に帰還して軍の編制をしているというのを考慮《こうりょ》しても、須藤の嗅覚《きゅうかく》が何となくきな臭《くさ》さを検知しているのは確かだ。

単に公爵への復権を求めているのか、他の狙《ねら》いがあってルピス女王に協力しているのかは不明としか言いようがない。

（ルピス女王と距離《きょり》を取っていた貴族達の多くは、ザルツベルグ伯爵家の別邸《べってい》で催された夜会で、御子柴男爵家の経済力を見せつけられたという話も耳にしていますし、はてさて……どう転ぶ事やら）

誰が味方で、誰が敵か。

貴族達の動向は予測がつかないというのが正直なところだ。

その上、光神教団からも援軍《えんぐん》が来ている。

（第十八聖堂騎士団を派遣してきたのには少し驚きましたがね……）

確かに、隣国《りんごく》に駐屯していた第十八聖堂騎士団であれば、直ぐに派遣する事は可能だろう。

だが、光神教団の上層部もグロームヘンの惨劇《さんげき》を引き起こした第十八聖堂騎士団を、被害国《ひがいこく》であるローゼリア王国に派遣したという事には何か意味がある筈だ。

「単に距離的《きよりてき》な話で選ばれただけであれば問題無いのですがねぇ……まぁ、後でローランド枢《すう》機卿《ききょう》に話を聞いてみますか……どちらにせよ、私は私の理想の為に動くだけですがね」

須藤はそう小さく呟くと、足早に路地の奥《おく》へと姿を消した。

天空に浮かぶ血の様な赤い色を帯びた月に見守られながら。

混沌《こんとん》した状況を楽しむかの様に。

# 第二章　狐狸《こり》の棲《す》み処《か》

その日、ローゼリア王国の王都にそびえる王城では、物々しい雰囲気《ふんいき》に包まれていた。

謁見《えっけん》の間に詰める衛兵達にも普段以上の緊迫《きんぱく》感が漂《ただよ》っている。

それはまるで戦場に赴こうという戦士の顔だろうか。

また、左右に立ち並ぶ貴族達の顔にも緊張《きんちょう》の色が浮かんでいた。

そんな中、三人の賓客《ひんかく》がゆっくりとした足取りで玉座に腰掛《こしか》けるルピス女王に向かって進んでいく。

先頭を進むのは豪奢《ごうしゃ》な神官服にその身を包んだ初老の男。

彼《かれ》は周囲のピリピリとした空気を気にする様子もなく、柔和《にゅうわ》な笑み浮かべる。

だが、その人当たりの良さとは裏腹に、彼の体からは言い知れぬ威厳《いげん》の様な物が発散され、周囲の人間達を威圧《いあつ》する。

それは、神の恩寵《おんちょう》をその背に受けているという自信故だろうか。

そしてその背後には甲冑《かっちゅう》に身を包んだ二人の騎士が男を守るように付き従う。

彼等は警護であると同時に、外交使節団としての役割も持っているのだろう。

顔はグレートヘルムと呼ばれる金属製の兜《かぶと》に覆《おお》われており表情は見えない。

だが、その鎧《よろい》や剣《けん》には随所《ずいしょ》に飾《かざ》りが施《ほどこ》されている上、マントも純白の絹に金糸をあしらった豪奢な物。

そして何よりも目を引くのは、そのマントの背に燦然《さんぜん》と輝く紋章《もんしょう》。それは光の神であり正義と法を司《つかさど》るとも言われる天秤《てんびん》と十字架《じゅうじか》を象徴《しょうちょう》として用いたものだ。

それだけでも、彼等の身分は簡単に見て取れる。

そして何より兜の隙間《すきま》から放たれる眼光とその佇《たたず》まいが、彼等の力量のほどを如実《にょじつ》に表していた。

だが、それも当然だろう。

彼等が所属する第十八聖堂騎士団は光神教団の誇る聖堂騎士団の中でも、屈指《くっし》の実力を持つ騎士団なのだから。

そんな彼等に向かって、ルピス女王は左右に侍《はべ》るメルティナとミハイルに軽く視線を向けると、小さく頷いて見せた。

そして、徐に口を開く。

「ローランド枢機卿《すうききょう》。聖都メネスティアから、遠路はるばるご苦労様でした。我が国は皆《みな》さんを心より歓迎《かんげい》します。そして、危難に喘《あえ》ぐ我が国への助力に深い感謝の念を表します。今日という日によって、過去の悲しい擦《す》れ違《ちが》いと、その結果起きた悲劇の傷痕《きずあと》も癒《いや》される事でしょう」

その言葉が謁見の間に響き渡った瞬間《しゅんかん》、貴族達の間から息を呑《の》む音が零れた。

勿論、この場に臨席している誰《だれ》もが今日という日が持つ意味を理解はしている。

これから行われるウォルテニア半島に向けての出征《しゅつせい》に、聖堂騎士団が援軍として参戦する話も耳にはしていた。

何しろ、これはローゼリア王国が掲《かか》げてきた国の方針や国民感情にも大きく影響《えいきょう》する重大決定だ。

その為《ため》には事前の調整が必須《ひっす》となる。

少なくとも、国王の一存で決定出来る様な事案ではない事だけは確かだ。

当然、その事はルピス女王も十分に理解していたし、不要な反発が起きないように細心の注意をもって根回しをした。

そう言う意味からすれば、既《すで》に結論は出ていたのだ。

今更、貴族達が驚くべき事など何もないだろう。

しかし、それでも尚《なお》、過去の経緯《けいい》から半信半疑だったというのが、この場に居る大半の正直な気持ちだった。

いや、どちらかといえば信じたくなかったという方が正しいかもしれない。

だが、国王の口から放たれたとなればもう疑う余地はない。

少なくとも、王国の総意として光神教団の軍を受け入れるというのは決定事項《じこう》なのだと、成り行きを見守っていた貴族達も理解した。

だが、そんな周囲の理解とは裏腹に、この場には己《おのれ》の心の内に沸《わ》きあがる葛藤《かっとう》と必死で戦っている人間がいる。

それはローランド枢機卿達《すうききょうたち》に向けて、歓迎と感謝の言葉を口にしたルピス・ローゼリアヌスその人だ。

(まぁ……私が見たところでは、ルピス女王の葛藤に気が付いている人間はかなり少なそうですが……ね)

確かに、玉座に腰掛けているルピス女王の態度《たいど》に不審《ふしん》な点はない。

表面上は実に友好的な笑みを浮かべている。

外交儀礼的《ぎれいてき》にも文句のつけようのない所作。

それは、立ち並ぶ貴族達の反応や表情からも明らかだろう。

そして、この場に臨席している大半の人間はルピス女王の言葉を本心であると受け止めていた。

しかし、光神教団の代表者としてこの場に居るジェイコブ・ローランド枢機卿から見れば、かなり無理をしている様にしか見えないのだ。

何しろ、ローランド枢機卿の網膜《もうまく》は、肘掛《ひじか》けに置かれたルピス女王の右手に力が込められているのをハッキリと映し出しているのだから。

(確かに態度は友好的ですし、言葉の抑揚《よくよう》も不自然ではない。一見したところでは歓迎されている様に見えますが……はてさて)

そんな事を考えながら、ローランド枢機卿の視線は玉座の一点を見つめる。

(勿論、単に緊張しているだけという可能性もありますが……まぁ……怒りと屈辱《くつじょく》を押し殺し

ているのが正解でしょうね）

光神教団と言う組織は、決して聖人君子の集まりではない。

このローゼリア王国を始めとした各国の宮廷《きゆうてい》と同じで、日夜権力闘争《とうそう》に明け暮れている。

いや、西方大陸のほぼ全域に影響力を持つ超国家《ちようこつか》組織である事を考えれば、その闘争の熾烈《しれつ》さは宮廷の権力闘争の比ではないかもしれない。

脅《おど》し、宥《なだ》め、騙《だま》す。

彼等の多くには信念や信仰心《しんこうしん》などない。

単なる神の意向を笠《かさ》に着た畜生《ちくしよう》にも劣《おと》る存在。

そんな中を長年生き抜いてきたローランド枢機卿にしてみれば、ルピス女王の取り繕《つくろ》った態度など簡単に見破る事が出来て当然だった。

ただ、ルピス女王の本心を見抜《みぬ》いたからと言ってローランド枢機卿はルピス・ローゼリアヌスという女に軽蔑《けいべつ》や嫌悪《けんお》感などを抱《いだ》きはしない。

いや、軽蔑するどころか、ローランド枢機卿の胸中には憐みの気持ちで満ちていた。

（まぁ、無理もない事でしょう……不幸な過去と言う物は、そう簡単に消え去りはしないのですから）

東部三ヵ国《こく》や三王国とも呼ばれる国々にしてみれば、光神教団は正直に言ってあまり関《かか》わり合いになりたい手合いではないのだ。

両者の対立は西方大陸の大地に刻み込まれた長い歴史が証明している。

その上、ローランド枢機卿の背後に立つ二人の来歴を知れば、ローゼリア王国に暮らす人間で反感を抱かない人間はまずいないだろう。

何しろ彼等は、【コルサバルガの墓掘《ほ》り人】として悪名高い第十八聖堂騎士団から派遣された精鋭《せいえい》なのだから。

確かに、グロームヘンの惨劇はあくまでも過去の話であり、当時の状況を本当の意味で知る人間はそれほど多くはないだろう。

だが、親から子へ、子から孫へと口伝えに伝えられてきた物語は、当事者にとっては事実と同じだ。

そしてそれは、身分の貴賤《きせん》を問わずローゼリア王国民の中に根付いている。

それでも、ルピス女王としては光神教団の援軍を受け入れないという訳にはいかない。

今のローゼリア王国に、光神教団との軋轢《あつれき》を生む余力などないのだ。

そして、その事はローランド枢機卿自身も理解していた。

だから、ローランド枢機卿は静かに頭を下げて、ルピス女王の言葉に敬意を示す。

そして、徐に祝辞を述べた。

「陛下のお言葉、恐悦《きょうえつ》の極みに存じます。今日と言う日は、必ずやローゼリア王国の歴史に燦然とした輝きを齎す事でございましょう。そして、光神メネオースは必ずや陛下の正義に加護を下される事でしょう」

それは可もなく不可もないお決まりの挨拶《あいさつ》。

だが、そんな形式的な言葉こそ、今のルピス女王が求めていたものだ。

「ローランド枢機卿、ありがとうございます。神の代理人である光神教団の枢機卿猊下《すうききょうげいか》に祝福を頂き、光神メネオースに私の正義を認められた気がしますわ」

その言葉を受け、ローランド枢機卿は無言のままルピス女王の座《すわ》る玉座に向かって静かに頭を下げた。


ルピス女王との謁見を終えたローランド枢機卿は、侍従《じじゅう》の先導を受けながら女王の執務室《しつむしつ》に向かって王宮の廊下《ろうか》を歩いていた。

公式の謁見は既に終わったが、あの場では話す事の出来ない非公式な部分の調整を行う必要があるからだ。

そんなローランド枢機卿の脳裏に浮《う》かぶのは、先ほどのルピス女王の言葉と態度。

つまり、光神教団からの援助《えんじょ》の申し出を何故《なぜ》受け入れたのかという点だ。

もっとも、それ自体の答えは既に出ている。

(まぁ、彼女《かのじょ》の治世はあまり上手くいっていませんからね……まぁ、彼女だけの所為《せい》とはいえませんが、民衆はそんな彼女の苦労など理解しませんからね)

先の内乱を征し、ローゼリア王国の国王として玉座に座ったルピス・ローゼリアヌスだが、その治世は決して褒《ほ》められたものではない。

国土は貴族達による長年の苛政と、戦禍《せんか》によって荒廃《こうはい》している。

国家財政はまさに火の車と言っていいだろう。

国内に割拠《かっきょ》する貴族達は、ルピス女王の治世に従おうとしない。

そこに来て、先年に起きたオルトメア帝国《ていこく》によるザルーダ王国侵攻《しんこう》は致命的《ちめいてき》とも言える傷をこの国に刻んだ。

その為、国民の生活は困窮《こんきゅう》し始めている。

国家財政的な見地からするとまさに末期症状《しょうじょう》。

財政破綻《はたん》の可能性もあるだろう。

その結果、当初ルピス女王が打ち出した社会福祉《ふくし》関係の政策は軒並《のきな》み執行《しっこう》停止となっている。

(衰えた国王の権威《けんい》を復活させるための手段として、民の生活を支援する福祉事業に力を入れようという発想自体は悪くないのですがね……)

それは、光神教団でも孤児達《こじたち》を集め育てている事からも容易に想像がつくだろう。

だが、それはあくまでどんな時でも継続《けいぞく》出来なくては意味が無い。

(途中《とちゅう》で打ち切るというのは最悪の手ですからね)

人とは、自分が手に入れた物を失う事に対して、強い抵抗《ていこう》を覚える。

初めから自分の物でなければ何も感じない事でも、一度自分の物になったと判断すると、欲が出てくるものなのだ。

そしてそれは、社会福祉などの公共事業においても同じ事が言える。

(ただ、ルピス女王も苦渋《くじゅう》の決断だったとは思いますが……)

それでも決断を下した背景はやはり、国家財政の危機をルピス女王が理解していたからだろう。

ただ、本来であればそこで何とかなったのだ。

何故なら、御子柴亮真《みこしばりようま》がザルーダ王国の援軍に赴いた際に画策した、エルネスグーラ王国とローゼリア王国を含《ふく》む東部三ヶ国の間で結ばれた通商条約があったから。

この条約により、各国の景気は大きく上向いた。

勿論《もちろん》、即効性《そつこうせい》はなかったが、この条約によって国家間の物流が活性化したことは確かだ。

確かに、関税面では制限が設けられたため、一時的に税収は落ちたのだが、それも景気の上向きと言う副産物の結果、数年もすれば以前以上の利を各国に齎した事だろう。

だがそこに来て、今回の騒動《そうどう》が起きた。

(偶然《ぐうぜん》なのか、必然なのか……)

全ての御膳立《おぜんだ》てをしたのは、エレナ・シュタイナーと共にザルーダ王国を救った御子柴亮真という男だ。

そして、貴族院での惨劇を引き起こし、この国の全てを台無しにしようとしているのもまた、御子柴亮真という男である。

(一体何処《どこ》まで計算していたんですかねぇ……彼は……)

全てが偶然だとすれば、御子柴亮真という人間をローランド枢機卿は随分《ずいぶん》と運の強い男だと思う。

それこそ、神の恩寵を持っていると言われても信じてしまうほどだ。

逆に全てが必然だとしたらこれほど恐《おそ》ろしい事も無いと思う。

ローランド枢機卿は光神教団の幹部として、魑魅魍魎《ちみもうりょう》の巣を生き抜いてきた化け物だ。

それでも、御子柴亮真が描《えが》いた軌跡《きせき》を、自らが同じ様に辿《たど》れると思うほど自惚《うぬぼ》れてはいない。

少なくとも、ウォルテニア半島を領有して以降の行動が、全て計算通りだと仮定した場合、導き出される答えは一つしかない……。

(まさに悪魔……としか言いようがない。【イラクリオンの悪魔】という異名も宜《むべ》なるかなと言ったところでしょうか)

勿論、ローランド枢機卿とて、本気でそんな事を考えている訳ではない。

だが、完全にあり得ないと切り捨てるには、心の中に警告が走るのだ。

(とは言え、今度ばかりは流石《さすが》にどうしようもないでしょがね)

ローゼリア王国全土を敵に回した御子柴男爵《だんしゃく》家に勝機があるとすれば、それは外国からの干渉《かんしょう》だろう。

勿論、一介の貴族が外国に援軍を求めたところで本来であれば黙殺《もくさつ》されるだけだろう。

国境を接する領地を治めている場合と異なり、ウォルテニア半島は三方が海に囲まれた立地。

そして唯一《ゆいいつ》陸地につながっているのは南西のローゼリア王国のみだ。

ローゼリア王国北部を代償《だいしょう》にするという場合は、交渉《こうしょう》材料として多少は有効であるだろうが、それを認めた場合、ローゼリア王国は確実に御子柴男爵家と通じた国と敵対する事を選ぶ。

そして、そこまでのリスクを許容してまで、ローゼリア王国北部を欲《ほっ》する国はまずないのだ。

何故なら、北部一帯は御子柴亮真の策により荒廃しているから。

(つまり、御子柴男爵家がザルーダ王国やミスト王国から援軍が差し向けられる可能性はない)

唯一の可能性はエルネスグーラ王国を治める【北の女狐】と呼ばれる女傑《じょけつ》、グリンディエナ・エルネシャールの動向だが、こちらはこちらでキルタンティア皇国やオルトメア帝国の相手に忙《いそが》しく、援軍を送る可能性はまずないと見て良い。

それでも万が一に備えて、ルピス女王は各国に密使を送りつける事で、北部征伐の内諾《ないだく》を得たのだ。

何も連絡が無かったと抗弁《こうべん》されない為に。

そして各国からの物資の購入《こうにゅう》と、戦に対しての不干渉の約定《やくじょう》を取り交《か》わす事に成功した。

(政治的には未熟と聞いていましたが、ルピス女王もそれなりに成長されていると見える。或《あ》いは側近の誰かが忠言したか?)

とは言え、北部征伐の準備はほぼ完了《かんりょう》していた。

後は、ローゼリア王国南部を領有する貴族達の到着《とうちゃく》と、各国から購入した武具などの物資の集積が終わり次第《しだい》、ルピス女王の号令の下に北部征伐は開始されるだけだ。

そして、公称《こうしょう》二十万という兵力によって御子柴男爵家は滅亡《めつぼう》する。

それは恐らく、太陽が東から昇り、西に沈《しず》むのと同じくらいには確実な未来。

だが、だからこそローランド枢機卿は楽しみにしている。

御子柴亮真という男が、ただの愚《おろ》か者《もの》か、それとも稀代《きたい》の英雄なのかを。

「ローランド枢機卿猊下……こちらでございます」

その言葉に、ローランド枢機卿の思考が途切《とぎ》れる。

考え事をしながら歩いている間に、先導していた侍従の足がとある扉《とびら》の前で止まっていた。

「そうか……ご苦労様でした」

ローランド枢機卿は侍従に礼を告げると、彼の手で開けられた扉を潜《くぐ》り部屋へと足を踏《ふ》み入れる。

これからルピス女王との非公式な会談が行われるのだ。

(恐らくは戦に関しての不干渉を求められるでしょうね……ミスト王国や、ザルーダ王国にも不干渉の依頼《いらい》を出したと聞いていますし……)

それ以外にも、様々な要求が出てくるだろう。

ルピス女王が欲《ほ》しいのはあくまで神の代理人が、北部征伐を認めたという形式。

いわば、神と言う存在を錦《にしき》の御旗《みはた》として都合よく利用したいのだ。

だがその結果、光神教団の影響力が王国内に強まる事には警戒心《けいかいしん》を抱いている。

その為、光神教団の干渉は極力抑《おさ》え込もうとするだろう。

ローランド枢機卿としてもあまり気の抜けない交渉になる事は目に見えていた。

「お時間を頂き申し訳ございません。陛下」

そう言うと、ローランド枢機卿は思考をこれから始まる交渉へ向けて切り替《か》える。

その為、ローランド枢機卿の脳裏から、先ほどまで気になっていた御子柴亮真という男への警戒《けいかい》が薄《うす》れたのは確かだろう。

だから、この時ローランド枢機卿は想像する事が出来なかった。

御子柴亮真という男が、今この時何処で何をしていたかを。

そしてそれが、全ての前提を崩《くず》す一手だと知る由もなく。


大海原《おおうなばら》に停泊《ていはく》する十隻《せき》の船団。

ここはミスト王国の北端《ほくたん》の交易都市であるグレントランから二百海里ほどに位置する海の上。

その船の帆《ほ》に刻まれたのは東部三ヶ国の中でも、強大な海軍と海上交易により育まれた経済力を持つミスト王国の紋章だ。

甲板《かんぱん》には屈強《くっきょう》な肉体を誇る船員達が体を動かしている。

モップをもって甲板を清掃《せいそう》する者を始め、器具を用いて筋力トレーニングに励《はげ》む者や、武器の手入れに勤《いそ》しむ者も多い。

そんな彼等がこんな海の上で停船しているのには当然ながら確固たる理由がある。

今は、待ち人の到着を待っていると言ったところか。

そんな中、マストに設けられた見張り台から報告が上がる。

「北西に船影《せんえい》！」

その言葉に甲板の船員達が慌《あわ》ただしく動き始めた。

何しろここは、交易の為の大陸間航路からも離れた海上だ。

普通《ふつう》に考えればこの辺りを船が通る可能性は低い。

となると、可能性は幾つかに絞り込まれる。

一つは交易船が航路から外れた場合だ。

船は天候に左右されやすい移動手段。

また、海には海の怪物達《かいぶつたち》が存在している。

諸々《もろもろ》の要因によって、交易船が航路から外れる可能性は幾らでも考えられる。

だが、最も高い可能性は海賊船《かいぞくせん》だろう。

ウォルテニア半島を根城にしていた海賊は、御子柴男爵家が半島を領有した際にその大半が滅《ほろ》ぼされてはいる。

だが、完全に全ての海賊が消え去ったかと言うとそういう訳ではない。

御子柴男爵家の襲撃《しゅうげき》を受けた際に仕事に出ていた海賊も居るのだ。

そう言った連中は、御子柴男爵家を恐れて大半がこの周辺海域から姿を消した。

だが、中にはミスト王国の領海内に出没《しゅつぼつ》する海賊も居ない訳ではないのだ。

だから、船影発見の報告を聞いた船員達が海賊船を警戒するのは無理からぬ事と言えた。

「船に掲げられた旗の紋章を確認《かくにん》しなさい！」

甲板が慌ただしくなったことを察したのか、船内から上がってきた一人の女が、見張り台に向かって確認を命じる。

海賊船は所属をごまかす為に、偽《にせ》の旗を掲げる事があるから信頼《しんらい》し過ぎるのも問題だが、それでも船籍《せんせき》を確認するのに有効な手段である事に間違《まちが》いはないからだ。

その言葉に、周囲の空気が一層引《ひ》き締《し》まる。

命令を下したのは漆黒《しっこく》の様な艶《あで》やかな黒髪《くろかみ》と、雪の様な白い肌《はだ》を持つ三十歳《さい》前後の女性。

その凛《りん》とした佇まいと、気品あふれる立ち振《ふ》る舞《ま》いから、何処かの国の姫《ひめ》と言われても誰もが納得《なっとく》するだろう。

そんな美しさを誇る女性だが、その美しさの中には氷の刃《やいば》の様な鋭《するど》さを秘《ひ》めている。

彼女の本質は戦士なのだろう。

「剣に巻き付いた双頭《そうとう》の蛇《へび》の紋章！　御子柴男爵家の船です！」

その言葉に、【暴風】の異名を持つミスト王国の将軍である、エクレシア・マリネールは満足そうに笑みを浮かべる。

「予定通りですな」

エクレシアに続いて甲板に挙がってきた副官の言葉に、エクレシアは小さく頷いた。

これから始まるのは、御子柴男爵家の要請《ようせい》によって開かれる、ローゼリア王国には秘密の会談。

海上を指定したのも、情報が漏《も》れる事を恐れての事だ。

最初の第一報からさほどの時間も経《た》たずに見張り台の船員から第二報が届く。

「まもなく船が接舷します！」

見張りの声と共に、エクレシアの網膜が金糸と銀糸で縫《ぬ》い取られた、赤い目を持つ双頭の蛇を映し出す。

（この向かい風の中で何という速度なの……）

晴れた日の事だ。

見張りの視界は良好。

見張り台の高さと、船員の視力を考え合わせると、かなりの距離を見通せる。

そして、見張りが御子柴男爵家の船を発見してから第二報までの時間を考えると、自《おの》ずと船の速度に見当をつける事が出来た。

そして、その計算結果は驚きの物だった。

（かなり速い……横帆で追い風を受けた時以上の速度……しかも今の風向きは……）

エクレシアは素早《すばや》くマストの上に掲げられた旗に目を向ける。

それは、如何《いか》に造船技術に優れたミスト王国の将軍でも驚きを禁じ得ない、有り得ない現実だった。

風向きは御子柴男爵家の船に対して向かい風に吹《ふ》いているのだから。

（ミスト王国ではマストを支える支索《しさく》に張る三角形の帆であるジブを採用し、向かい風の場合でも操船技術によってある程度《ていど》の速度を維持《いじ》出来るように様に工夫《くふう》されている。でも、それでもあれほどの速度は……）

その事が脳裏を過《よぎ》った瞬間、エクレシアの心が歓喜《かんき》で沸き立つ。

それは、エクレシアがこの会談に赴《おもむ》く決断を下した事についての正しさの証明。

エクレシアは静かに船内へと続く階段へ足を向ける。

待ち人の来訪だ。

その為の準備をするつもりだろう。

階段を下りきり船室へと向かうエクレシアの後を副官が追う。

そして、揶揄《からか》う様な笑みを浮かべながら口を開いた。

「しかし閣下……それ程《ほど》、お会いになる事を楽しみにされていたのですか？」

その問いに【暴風】の異名を持つエクレシアは楽し気な笑い声を上げる。

「それはそうよ……何せ彼は、あのエレナ様が認めた男ですもの」

そう言うと、エクレシアは執務室へと戻る。

待ちわびていた客人を出迎《でむか》える準備をする為に。


セイリオスの街の港から出向したガレオン船であるアタランテ号に乗り込んだ亮真は、会談場所の水域に停船していたミスト王国の船に乗り込むと、エクレシア・マリネールの待つ執務室へと案内された。

軽くあいさつを交わし部屋に設《しつら》えられたソファーに腰掛ける亮真に対して、エクレシアは用意していたティーポットを取り出すと自らの手でお茶の準備を始める。

どうやら、ミスト王国の誇る将軍が自らの手で入れたお茶を飲む事が出来るらしい。

適温に沸かした湯を丸型のティーポットに勢いよく注ぐエクレシアは実に手慣れていた。

(普段《ふだん》から日常的に自分で準備するようだな)

ミスト王国の王妹を母に持つエクレシアには、王族としての血が流れており、優先順位は低いものの王位継承権《けいしょうけん》を持っている。

貴族社会の中でも、かなり高貴な血筋と言っていいだろう。

そんな女性が自らお茶を準備する姿に、亮真は軽い驚《おどろ》きを覚えた。

そして、その所作の美しさに感動すら覚える。

「どうぞ」

そう言うとエクレシアは亮真の前にティーカップを置いた。

(当ててみろって事かな?)

楽し気に笑うエクレシアの意図を察した亮真は、黙《だま》ってティーカップを手に取った。

(薄荷《はっか》の様なメンソール系の香《かお》り……ウバ茶みたいな感じという事は、南方大陸産の様な気もするが……?)

美味《うま》い不味《まず》いを判断する事は出来ても、流石に何処かの食通の様に産地や銘柄《めいがら》までは断定出来ない。

勿論、知ったかぶりをする事は可能だ。

だが、外れた時に微妙《びみょう》な空気が醸成《じょうせい》されてしまう事は避《さ》けられない。

それでは、これから行う交渉に影響が出てしまうだろう。

だから、亮真は素直《すなお》に白旗を上げる。

「適度な渋《しぶ》みを持つ素晴《すば》らしい味です。香気《こうき》も豊かで芯《しん》がある。そして、一口飲むとまるで薄荷の様な爽快《そうかい》感が鼻を通り抜《ぬ》けていく素晴らしいお茶ですね」

無難と言えば、無難な答えだ。

そんな亮真の意図を察したのか、エクレシアは柔《やわ》らかい笑《え》みを返す。

「ええ、それがバルーア地方で生産されるお茶の特徴《とくちょう》です」

聞きなれない地名に亮真は僅《わず》かに首を傾《かし》げる。

そんな亮真の様子に、エクレシアは上品に手で口元を隠《かく》すと鈴《すず》の様な笑い声を上げた。

「中央大陸にあるトルファァナ帝国にある地方の一つです。そこは標高の高い山々が連なる山岳《さんがく》地帯で、そこで作られるお茶はこのような特色が出るのです。男爵《だんしゃく》様が先日夜会で用いられた白ワインの生産地でもありますわ」

そう言うと、エクレシアは揶揄う様な笑みを浮かべる。

そんなエクレシアに向けて亮真は照れ臭そうに笑う。

そして、目の前で笑みを浮かべる女の評価を改めた。

「これは少しばかり不勉強でしたね」

表面上は友好的な会話だ。

だが、両者は既に言葉を武器にした戦を始めていた。

（成程《なるほど》……こっちの情報は掴《つか》んでいるって訳か……）

先日の夜会で用いた食材や酒の多くはシモーヌに命じて、クリストフ商会が集めてきた品だ。

その多くは、クリストフ商会が保有するガレオン船にて直接産地から買い付けをしている。

つまり、西方大陸において、他大陸間交易の玄関口《げんかんぐち》であるミスト王国を経由していないのだ。

それにも拘らず、夜会で用いた酒の産地をミスト王国は知っていたらしい。

そして、エクレシアはそれをお茶という武器を使って亮真に暗示して見せた。

その行動の意図するところは一つだろう。

(セイリオスの街にミスト王国の密偵が紛れ込む可能性は低いから、恐らくは王都のザルツベルグ伯爵邸か、クリストフ商会の仕入先だろうな……或いは夜会に参加していた貴族達の誰かが漏らしたか？　どちらにせよ、ミスト王国は随分と俺を警戒しているらしい)

情報は適切な手段を用いれば、入手自体はそれほど難しい事ではない。

特に今回の様に、軍事機密の様な重要情報でなければ、大抵《たいてい》の情報は入手できるだろう。

だがそれは、ミスト王国が御子柴亮真という存在に関心を持っている表れでもある。

どうでもよい存在の情報を集めようとする人間は居ないのだから。

「色々とご迷惑《めいわく》をお掛《か》けしているようですね……」

「いいえ、商売ですから、そこはお気になさらずに……ですが、我々はもう少し互《たが》いに協力できると考えてはいます」

そう言うとエクレシアは少し顔を曇《くも》らせ言葉を切る。

そして躊躇《ためら》う様に、話を続けた。

「例えば、ウォルテニア半島には亜人《あじん》の集落が存在しているという噂《うわさ》をよく耳にしますが、彼等の保有する付与法術《ふよほうじゅつ》に対しての技法は実に優れていると聞いていますし、ウォルテニア半島には彼《か》の地《ち》にのみ生息する固有の怪物達《たち》が跋扈《ばっこ》していますが、それらの多くは武具や薬の材料としてとても貴重な物です。今は、シモーヌ様が率いるクリストフ商会やユリア・ザルツベルグ伯爵夫人《はくしゃく》の御実家《ごじっか》であるミストール商会を経由して品を販売《はんばい》されておられる様ですが、そう言った特産品販売に関して、我《わ》が国《くに》でも色々とお手伝い出来る事があるのではないかと思っております」

その言葉に亮真は苦笑いを浮かべた。

エクレシアの意図を言葉の端々《はしばし》から正確に読み取ったからだ。

(お手伝い……ねぇ……)

表面上は確かにお手伝いだ。

だがその本質は、お手伝いと言うよりも分け前の分配だろう。

御子柴男爵家だけで、美味いパイを独り占《ひとじ》めにするなという事だ。

(確かに、ネルシオスさん達から入手した品を独占《どくせん》しているからな……それに一枚噛《か》ませろと言うのは分からなくはない……か)

ミスト王国の財政を支えるのは交易。

つまりは商業国家だ。

そして、商業とは人と物の流れを支配する事でもある。

そして、その流れをミスト王国は長年支配してきた。

少なくとも、他大陸間交易に関して言えば、ほぼ独占してきた訳だ。

だが、そんな独占状態に待ったを掛ける存在が最近現れた。

（ミスト王国としては、穏《おだ》やかならないだろうな……）

だが、それでもミスト王国は礼儀《れいぎ》を守っていると言っていいだろう。

商売敵《しょうばいがたき》だからと言って、直接的な手段で御子柴男爵家を潰《つぶ》そうとはしていないのだから。

（俺達《おれたち》としても、渡《わた》りに船だしな……）

付与法術を施した武具などに関してはこのまま独占をするつもりだが、ウォルテニア半島に生息する怪物達の素材に関しては、そろそろ販売経路を増やしても良いと亮真自身は考えている。

何しろウォルテニア半島の開発には莫大な金が掛かるのだ。

それに、ルピス女王の北部征伐が目前に迫っている今、軍備の更なる増強も必要だろう。

金は幾らあっても足りないというのが正直なところだった。

しかし、亮真はシモーヌとユリア夫人から、しばらくは現状維持で精一杯だという報告を受けている。

勿論、一次的に販路を広げる事自体は可能だろう。

だが、維持する人員が育っていないのだ。

無理をすれば、現状維持すらもおぼつかなくなってしまう。

そんな亮真にとって、エクレシアの提案は悪くなかった。

現代風に言えば業務提携の様な物だろうか。

(恐らく向こうは、こちらの内情を分かった上での提案だろうな……)

交渉相手としては実に強《したた》かな人物の様だ。

(将軍様の癖《くせ》に商売にまで見識があるとは、ルピスの奴《やつ》に見習わしたいもんだぜ……とは言えどうした物か……)

だが、感心ばかりしている訳にもいかない。

亮真の脳が高速で動き出し、一つの提案を導き出す。

「成程……確かに、お手伝いいただくのは双方《そうほう》に利益があるようですね……ただ……」

「ただ、なんでしょう？」

「いえ、ミスト王国はローゼリア国王から私達に対して不干渉を要請され、それを受け入れたと耳にしまして……それに、北部征伐《せいばつ》が発動されれば、我々は劣勢《れっせい》を余儀《よぎ》なくされます。商売を広げたいのは山々ですが、正直どうなのでしょう？」

そう言うと、亮真はにやりと笑う。

それは見事なカウンターパンチだ。

だが、その程度で矛《ほこ》を収めるほどエクレシアも甘《あま》くはない。

亮真の言葉を悪びれる様子もなく肯定《こうてい》してのける。

「勿論、その話は事実です。我が国とローゼリア王国との歴史を考えれば、ルピス・ローゼリアヌス陛下の要請を拒《こば》む理由は有りませんから。私が先ほど申し上げたのは、あくまで北部征伐に決着がついてからの話です。勿論、その為に我が国もある程度の援助は惜《お》しみません」

それは、ある意味矛盾《むじゅん》した言葉。

（ルピスからの要請を受け入れておきながら、北部征伐を終結させる手伝いをする……か。まったく、物は言いようだな）

まるで、狐《きつね》と狸《たぬき》の化かし合いだ。

だが、これこそが政治だとも言える。

（ミスト王国の立場で考えると、ルピス・ローゼリアヌスと言う女に不安を感じているんだろうな）

実際、それは極めて当然の評価だろう。

貴族達の専横を抑えきれず国内の統治は常に不安定。

その結果、唇歯輔車《しんしほしゃ》の関係であるザルーダ王国にオルトメア帝国が攻《せ》め込んだ時も、碌《ろく》な救《きゅう》援軍《えんぐん》を派遣《はけん》する事が出来なかった。

ザルーダ王国は対オルトメア帝国に対する大事な防衛線なのにだ。

勿論、それはあくまで一度限りの過ちだ。

次に同じ事が起きないと確信出来ればそれでミスト王国は納得する。

だが、確信出来ないとなると話は変わって来るだろう。

（だからこそ、彼等は今回の会談に応じた……）

国の安全保障にかかわる問題だ。

さっきのエクレシアの謎掛《なぞか》けも、こちらの反応を探《さぐ》る手段だったのだろう。

彼等は天秤に掛けているのだ。

共に手を握《にぎ》るべき相手が、御子柴亮真なのか、ルピス・ローゼリアヌスなのかを。

だから亮真は、単刀直入に聞いた。

「援助と言うのは、援軍《えんぐん》を派遣頂けるという事で良いのでしょうか？」

エクレシアの言った援助は勿論、ローゼリア王国との交渉の際に援助するという事だ。

だが、亮真はそれを理解した上で、ミスト王国の軍を出せるのかと問うた。

それはある意味、踏《ふ》み絵《え》に近いだろう。

沈黙《ちんもく》が部屋を支配する。

そして、エクレシアはゆっくりと口を開いた。

「援軍を出す事自体は不可能ではありません」

そう言うと、エクレシアは目の前に置かれたティーカップに口を付ける。

そして、探る様な視線を亮真へ向けた。

亮真の言葉の意図を測りかねている証拠《しょうこ》だろう。

そして、小さなため息をつくと、言葉を続ける。

「とは言え、陸路は恐らく封鎖《ふうさ》されているでしょう。ルピス女王も我が国を完全に信じる程愚《ほどおろ》かではないでしょうから。ですから海路を使う事になります。それに所属を隠す必要もありますから、それほど多くの兵を出す事は不可能です」

それは限りなく現実に近い予測。

細かな部分は多少の差異が出るだろうが、もし本気で援軍を求めるのであれば海路を使うしかなくなる。

そして、表向きにはローゼリア王国の要請を受け入れた以上、ミスト王国が兵を派遣するのであれば非公式にやるしかない。

当然、数は限られる。

少なくとも、万単位の派兵は不可能だ。

しかし、それでは公称二十万ともいう北部征伐軍に対抗《たいこう》は出来ない。

まさに焼け石に水だろう。

だが、それを分かっている筈《はず》なのに、御子柴亮真はエクレシアの言葉に深く頷いて見せた。

単純に援軍が欲しい訳ではないらしい。

「何故……とお聞きしてよいでしょうか？　我が国の力があれば、別の選択肢《せんたくし》もあると思いますが……」

何故交渉《なぜこうしょう》での解決を望まないのかという問いだろう。

しかし、そんなエクレシアに対して、亮真は悠然《ゆうぜん》とした態度を崩さないまま本心を告げる。

「理由は簡単です……このままあの女がローゼリア王国を治め続ければ、我々も亡《ほろ》びる運命だからです。逆にお聞きしますが、仮にルピス・ローゼリアヌスがこのままローゼリア王国を統治して、先があるとお思いですか？」

その言葉には確信が満ちていた。

そして、その視線はエクレシアにお前も分かっている筈だと問いかけている。

(まぁ、認めたくはないだろうけどな)

ミスト王国とローゼリア王国は長い間、付かず離れずの関係だった。

ある時は敵であり、またある時は味方。

国境地帯では定期的に小競《こぜ》り合いを起こしていた半面、南部諸王国やオルトメア帝国などの外的には東部三ヶ国が協力してきた歴史がある。

だが、その関係が今、大きく変わろうとしている。

「やはり……ですか……」

それは誰もが薄々《うすうす》とは察していた結論。

実際、エクレシアは元より、ミスト王国の首脳陣《しゅのうじん》も同じ不安を抱いていた。

だからこその今日の会談なのだ。

(勿論、ルピス女王だけの責任ではないだろう)

そんな事は亮真も理解している。

だからこそ、出来うる限りルピス女王の治世を手助けするつもりだったのだ。

だが、そんな亮真の気持ちは、ルピス・ローゼリアヌスと言う女に伝わらなかった。

だからルピス女王はただひたすらに亮真を恐れ排除《はいじょ》し続けたのだ。

敵は国家。

本来であれば勝ち目はないだろう。

だが、それが分かっていても尚、生きたいと願うのであれば道は一つしかない。

それはいうなれば、癌《がん》に蝕《むしば》まれた体を救う手術。

当然、リスクはある。

副作用も大きいだろう。

避けられるのであれば誰もが避けたいと思うはずだ。

だが、他に道が無いなら決断するしかないのだ。

エクレシアはただジッと亮真を見つめていた。

その胸中に渦巻くのは、冷徹なまでの計算だろう。

何しろ、これからエクレシアが下す決断は、ミスト王国と言う国の行く末を決定づけるのだから。

(だが、ミスト王国はこうなる可能性を考えていたらしい……)

エクレシアは確かに王家の血を引く高貴な人間であり、ミスト王国の誇る将軍の一人ではあるがミスト王国を治める国王ではない。

本来ならば、この場で決断を下す事は出来ない筈だ。

しかし、エクレシアの表情からすると、この場で決断を下すつもりの様だ。

どれ程の時間が過ぎただろう。

やがてエクレシアの固く結ばれた口元が綻んだ。

どうやら結論が出たらしい。

「ではエクレシアさんの条件をお聞きしましょう」

亮真の問いにエクレシアはハッキリとした口調で答える。

「北部征伐が終わってからの話にはなるでしょうが、ミスト王国は御子柴男爵家と対オルトメア帝国に対しての同盟を結びます。そして、我が国との経済交流に関して今以上の活性化を希望します。その代わり、我がミスト王国は今度行われる北部征伐に対して、御子柴男爵家へ我が国の精鋭部隊を貸し出します。勿論、所属不明の傭兵《ようへい》と言う形を取らせていただきますのでそれほど多くは出せませんが……それに合わせて、物資の補給もお手伝いしましょう」

それは、ミスト王国の立場を考えれば決して悪くない話だった。

非公式な形であるとはいえ、ミスト王国の将軍であるエクレシア・マリネールがローゼリア王国と交わした不干渉の約定を反故にすると言い放ったのだから。

その言葉の持つ意味は重い。

(確かにエクレシアは国王ではないが、全権を任されているようだしな……)

仮に今の言葉がローゼリア王国側に漏れれば、ミスト王国は信義を守らない国と言うレッテルを貼られ窮地に追い込まれる事になるだろう。

(まぁ、こちらを嵌める為の嘘って可能性もあるが……リスクを冒してまで連中が俺を騙す意味は無いからな)

何しろ、傍目から見れば公称二十万という北部征伐軍を前にした御子柴男爵家は圧倒的に劣勢なのだ。

確かに、亮真にはルピス女王が率いる北部征伐軍を打ち破る為の策がある。

亮真がミスト王国に交渉を持ち掛けたのは、あくまでも戦後の対応を見据えているからで、北部征伐軍を打ち破る事自体は他国の助力が無くとも可能なのだ。

だが、その策の存在を知るのは限られた御子柴男爵家の幹部達のみ。

いや、その彼等ですら亮真の狙いを本当の意味で理解などしていないだろう。

その全貌を理解しているのはローラとサーラの二人のみだ。

だから、ミスト王国が御子柴亮真の排除を考えているのであれば、何もこんな会談でエクレシアが虚言を弄する必要などない。

ただローゼリア王国の要請に従い、不干渉を守ればそれで済むのだから。

(だが……もう少しリスクを背負って貰いたいな……)

ミスト王国の立場は理解している。

だが、だからと言って交渉を甘くする必要などない。

「条件自体は悪くありません。ですが、二つ程条件を追加させていただきます」

「と言うと？」

「一つは、派兵部隊はミスト王国の誇《ほこ》る弓騎兵《きゅうきへい》部隊でお願いします。それと、指揮官に【暴風】の異名を持つエクレシア・マリネールをお借りしたい」

その言葉が亮真の口から放たれた瞬間《しゅんかん》、両者の視線が絡《から》み合い火花を散らす。

「その意味をご理解頂いているのかしら？」

「勿論です。所属不明の兵の中に、偶々《たまたま》エクレシア殿《どの》に似た人物がいたというだけの事ですよ」

その問いに、亮真は悪びれる様子もなく平然と頷く。

だが、エクレシアは亮真の言葉の意味を正確に理解したのだろう。

再び考え込むエクレシア。

やがて、テーブルの上に置かれたティーカップに手を伸ばすと、エクレシアは紅茶を口にした。

そして、亮真に対して挑む様な視線を向ける。

「成程、良いでしょう……ですが、私からも一つ条件を追加させていただきます。御子柴男爵には我が国と魚人族との仲介をお願いしたいのです」

その言葉を聞いた瞬間、亮真の眉がピクリと動く。

それが、予想外の要求だったからだ。

（成程……随分とこちらの事情を調べていやがる……ローゼリア王国の要請を反故にしてまで俺に近づこうとする理由もこれなら理解出来る……まぁ、他大陸との交易で莫大な財を築き上げた商業国家であるミスト王国としては当然の要求でもある……か）

問題は、その要求を受け入れるかどうか。

勿論、断るのは簡単だった。

だが、断ればエクレシアア・マリネールを派遣しろという亮真の要求も断られるだろう。

（さて、独占と協力。どちらが得か……）

問題は何処までの覚悟なのかという点だ。

睨み合う二人。

長い沈黙の後、どちらからともなく二人は手を差し出した。

それが、ただ一つの道だと理解していたから……。

# 第三章　血の絆《きずな》

窓際《まどぎわ》に置かれた椅子《いす》に腰掛《こしか》けた女は疲《つか》れ果てていた。

体全体から発散される空気は重く暗い。

執務室の扉を開けた瞬間にそんな主の姿を目にしてしまい、決済書類の束を手にしたクリス・モーガンは心配そうな表情を浮かべながら見つめる。

（あの男との約定を破った事を、まだ気に病《や》んでおられるのか……）

クリスの脳裏《のうり》に先日久しぶりに再会した老《ふ》け顔の青年の顔が浮かぶ。

本来であれば、切り殺されてもおかしくなかった筈だ。

だが、御子《みこ》柴亮真《しばりょうま》はエレナからの手紙を一読すると、「分かった」といっただけで、クリスを襲《おそ》う事は無かった。

そして、その報告を受けた時のエレナの表情はクリスにとって忘れられない。

悔恨《かいこん》と懺悔《ざんげ》に満ちた顔。

それは、いわば大罪を犯《おか》した罪人の顔だろうか。

そして、それは今日まで変わらない。

（エレナ様にとっては、苦渋の決断だった筈だ……）

ローゼリア王国の将軍として戦場を駆《か》け抜けた日々。

そして御子柴亮真という英雄《えいゆう》に出会い、新たな道を歩む事を決断した。

それは並々ならぬ熟慮《じゅくりょ》と覚悟《かくご》の上での決断。

長年仕えてきた国を裏切る事になるのだ。

如何に国王であるルピス・ローゼリアヌスが凡庸《ぼんよう》であるとはいえ、国を裏切るという大罪に二の足を踏むのは当然だろう。

それでも尚《なお》、エレナが御子柴亮真という男を選んだのは、その器量にほれ込んだからだ。

だが、それを結果的に翻《ひるがえ》す事になった。

愛娘《まなむすめ》の生存という、慶事《けいじ》の代償として。

その罪悪感を振り払《はら》うように、エレナは仕事に没頭《ぼっとう》している。

まるでその身を削《けず》るかの様に。

勿論、クリスはエレナの気持ちを理解はしていた。

(果たして、どちらが良かったのか……)

正直にいって、それはクリスにも分からない。

死んだと思われていた愛娘の生存を知ったエレナの気持ちを思えば、軽々しく答えられる話ではないのだ。

いや、それはクリスだけの問題ではない。

当事者であるエレナ・シュタイナーもまた同じ問いに苦しんでいる筈だ。

もし苦しんでいないのであれば、これほどまでにエレナが苦悩《くのう》する必要はないのだから。

(だが、まさかサリア様の生還《せいかん》がこのような事態を引き起こすとは……)

こんな混沌《こんとん》とした状況《じょうきょう》になる位なら、いっそ死んでくれていればよかったなどとは、エレナに言える筈もない。

いや、ほんの少し脳裏に浮《う》かべるだけでも、人としてどうかというレベルなのは確かだ。

だが、現実的にサリアが生きていたという事実が、様々な問題を引き起こしているのもまた事実だろう。

特に、須藤秋武《すどうあきたけ》という男に対しては色々と配慮《はいりょ》が必要となる。

何しろ、愛娘を保護していたという男の言葉だ。

余程《よほど》の無茶《むちゃ》でもない限り、エレナとしては無下にする事など出来る筈もない。

ましてや、娘《むすめ》であるサリア・シュタイナーがラディーネ王女に仕える侍女《じじょ》の一人になっているとなれば猶更《なおさら》だ。

(それに、些《いささ》か出来過ぎではある……)

第三者の立場から見ればそれは当然の感想だろう。

十数年前に死んだ娘が、何故《なぜ》かこのタイミングで生きている事が分かったのだから。

勿論、過去に似たような話が全くなかったわけではない。

巨獣種《きょじゅう》に街を壊滅《かいめつ》され、その際に死んでいたと思われた子供が実は生きていて、十年後に親元へ戻《もど》ったなどと言う話もある位だ。

通常ならば、心温まる奇跡《きせき》で済む。

だが、それでもサリア・シュタイナーの生存はあまりにも出来過ぎていた。

身体的特徴や、エレナが娘に送ったペンダントなどの証拠があるとしてもだ。

しかも、それを知らせてきた人間は王宮に何時《いつ》の間《ま》にか入り込んだ正体不明の男となれば、不審《ふしん》に思わない方がどうかしている。

(今でこそ公爵位《こうしゃくい》から子爵《ししゃく》にまで降格されたが、元々ラディーネ王女は貴族派の盟主として君臨してきたフリオ・ゲルハルト子爵によって貴族派の神輿《みこし》として担《かつ》がれていた。その為《ため》、ゲルハルト子爵の相談役の様な立場だったらしい須藤秋武と面識があるのはそれほど不自然ではないのかもしれないが……)

だが、それにしても偶然が重なりすぎている。

(そもそも、あの須藤秋武という男は何者なのだ？　敵か味方か……いや、何故あの男は王宮に居る？　何故、処断《しょだん》されていない？)

恐らくそれはローゼリア王国の王宮に関係している大半の人間が抱《いだ》く疑問。

須藤秋武の公式な身分と言うのは実は存在しない。

精々がローゼリア王国の正式な王女として認められたラディーネ・ローゼリアヌスにゲルハルト子爵から派遣された付き人の様な立場と言う曖昧《あいまい》な物だ。

護衛の騎士《きし》でもなければ侍従《じじゅう》でもない。

いや、ゲルハルト子爵から派遣されたというのも曖昧模糊《あいまいもこ》とした話でしかないのだ。

そもそも、主人であるラディーネやゲルハルト子爵の傍《そば》を平気で離れて王宮内を闊歩《かっぽ》していたら、付き人も何もないだろう。

だが、それに関して誰《だれ》もが不平不満どころか疑問すら口にしない。

いや、領地を持たない王宮勤めの法服貴族や騎士の中には、そんな須藤と親しく交流している人間も多い。

中でもミハイル・バナーシュとはかなり深い関係を持っているらしい。

友人の様な親密さという訳ではないようだが、ミハイルと須藤が定期的に顔を合わせているらしいという噂はクリスの情報網《じょうほうもう》に入って来ている。

最近ではその会合の中にメルティナ・レクターも顔を出しているらしい。

(先の内乱時に、ミハイル殿を人質《ひとじち》にゲルハルト子爵家の恭順《きょうじゅん》を認めさせたのは、あの男と言う話だったが……)

一時期、ミハイルは先の内乱における戦犯として周囲から干されていた。

その原因はミハイルの自業自得《じごうじとく》とも言うべき所業の所為《せい》だが、須藤秋武がルピス女王へ取引を持ち掛けなければ、名誉《めいよ》の戦死という形でケリがついた話でもある。

そこに降ってわいたミハイルの身柄《みがら》引き渡しを条件としたゲルハルト公爵家の恭順。

(まぁ、普通に考えれば、あの話を受け入れる理由などないからな)

敵である貴族派を壊滅させるうえで、敵の盟主を討《う》つというのはとても確実性の高い手段だ。

ましてや当時、ゲルハルト公爵家の本拠地《ほんきょち》である城塞《じょうさい》都市イラクリオンは領民達の徴兵《ちょうへい》に失敗した上、貴族派に属していた貴族達の多くが、形勢不利と己《おのれ》の領地に帰還《きかん》し始めていた時期で、籠城《ろうじょう》戦などほぼ不可能。

一戦すれば、落城は免《まぬが》れなかった事だろう。

勿論《もちろん》、ミハイルの身柄《みがら》と引き換《か》えに恭順を認める決断を下したのはルピス女王自身だ。

(そう言う意味からすれば、ミハイルに責任を問うのは間違いなのかもしれない)

だが、人は道理に反して他人を責めてしまう事が往々にしてある。

だから、そんな絶好の機会を本人の意思ではなかったとはいえ不意にしてしまった以上、周囲の冷たい視線から免れる事は出来なかった。

(まぁ、幾《いく》ら宿敵を戦場で見かけたからと言って、偵察《ていさつ》任務を放《ほう》り出して敵軍に突撃《とつげき》した挙句捕虜《ほりょ》になった上、ミハイル殿に責任がない訳ではないからな)

ただ、ミハイルの不遇《ふぐう》が己の愚かさが原因であったにせよ、須藤の暗躍《あんやく》がその契機《けいき》になった事は事実だろう。

(そんな須藤とミハイル殿に付き合いがあるというのは……些か不自然なものを感じる……)

経緯《けいい》が経緯だ。

もしクリスがミハイルの立場だったら、とても平静を保てはしないだろう。

確かに須藤を敵視はしないかもしれない。

だが、隔意《かくい》は感じるし、出来る限り避けようとはする。

少なくとも、積極的に交流したいとは到底《とうてい》考えないだろう。

（そう……何か余程の理由が無ければ……）

理由は諸々考えられる。

ただ問題は、その結果としてルピス女王は潜在的《せんざいてき》な不安要素を自軍に引き入れてしまったという事実だ。

（とは言え、今はこっちの問題が先か……）

書類の束を未決済の置き場に収めた後、クリスは差し出がましいとは思いつつも、敬愛する主に向かって口を開く。

「些か根を詰《つ》めすぎです。昨夜も遅《おそ》くまで起きておられたようですが、このままではお体に障《さわ》ります」

そう言いながら、クリスは机の上の書類の山に視線を走らせる。

（これだけの量をお一人で捌《さば》くのは流石《さすが》に……）

エレナの腰掛ける椅子の前に置かれている執務机《しつむづくえ》の上には大量の書類が山となしている。

普通の人間であれば、数日は必要になる様な量だ。

それに、この山は残念な事に幾ら能力があっても消え去るという事が無い。

処理した以上に、決済を求める書類が次々と持ち込まれるのだから、それも当然だろう。

ローゼリア王国の将軍として復帰したエレナ・シュタイナーは、今度《こたび》の北部征伐に際して総大将であるルピス女王の補佐《ほさ》と言う形で、全軍の指揮官を任じられている。

その結果、近衛と親衛騎士団《きしだん》を始め王国直属の十個騎士団と、御子柴男爵《みこしばだんしやく》討つべしと気炎《きえん》を上げる貴族達の軍勢を管理する立場となっているのだが、その結果としてエレナはまさに忙殺《ぼうさつ》されている。

実際、徹夜《てつや》など日常茶飯事《にちじょうさはんじ》。

無理やり睡眠《すいみん》を取らせても、一時間ほどでベッドから起きだし仕事を始めてしまう。

食事も、仕事の合間で軽く摘《つ》まむ程度しかとっていない。

如何に武法術を会得《えとく》した結果、実年齢《じつねんれい》よりも若々しい肉体を誇っているとはいえ、既《すで》に老齢《ろうれい》のエレナには肉体的にかなりつらい筈だ。

しかし、クリスが幾ら諫言《かんげん》してもエレナは一向に改める様子はない。

それはまるで、自らを罰《ばっ》している様な態度。

（まぁ、その原因は分からなくもないが……）

だが、そんなクリスの心配をエレナは無視する。

「ええ、ありがとう。気を付けるわ……」

それは短い感謝の言葉。

別に、クリスの言葉を煩《わずら》わしく感じている様子はない。

だが、そう言いつつもエレナの手は止まらなかった。

それは、今迄幾度《いままでいくど》も繰《く》り返された光景。

そんなエレナの姿に、クリスは深いため息をつくと、一礼して部屋を後にする。

王宮の廊下《ろうか》を白室に向かって足早に歩きながら、クリスは先ほど見た光景を思《おも》い描《えが》く。

書類の山とそれに埋《う》もれたエレナの姿だ。

(やはり、騎士団の新設と、その為の訓練はかなりエレナ様の負荷《ふか》になっている様だな……)

本来ならば、誰かほかの人間がやるべき仕事だ。

しかし、ルピス女王からの肝《きも》いりで命じられた以上、エレナは自分の手で処理するしかない。

(確かに、国王の権限を強化したいと考えていたルピス女王達にとって、騎士団の増設は喫緊《きっきん》の課題だ)

何しろ、ローゼリア王国は中央集権を謳《うた》いながらも、実際には封建制《ほうけんせい》にかなり近い政治体制だ。

勿論、法服貴族と呼ばれる領地を持たない貴族も居ない訳ではない。

彼等《かれら》は王宮の中で官僚《かんりょう》として政権を支える重要な役を担《にな》っているのだから。

だが、ローゼリア王国における貴族達の大半は、王国内に点在する領地を持つ領主である。

彼等は独自の軍を保有し、土地を開墾《かいこん》して税を取り立てる。

領内の法律に関しても独自の裁量権を持っていた。

(言うなれば、連中は小さな国家の王と言って良い)

彼等が持っていない物を強《し》いて挙げるとすれば、他国との外交権位なものだろうか。

いや、それすらも、完全に王家が制御《せいぎょ》出来ている訳ではない。

例えば王国南端《なんたん》であるガラチアの街を領有するウィンザー伯爵家《はくしゃくけ》には、軍事と外交に対してかなりの裁量権を与《あた》えられている。

情報の伝達手段が馬や伝書鳩《でんしょばと》の様な手段に限られる大地世界《アース》では、王都と国境の街とで頻繁《ひんぱん》に情報交換《こうかん》をする事が出来ないからだ。

極端《きょくたん》な話、いきなりタルージャ王国から開戦を宣言された際に、王都まで伝令を走らせて指示を待っていては対処に遅《おく》れしまう。

防戦の許可を取るまで侵略者《しんりゃくしゃ》が軍の侵攻《しんこう》を止めてくれる筈もないのだから。

そう言った観点から、ローゼリア王国を治めた歴代の国王達は領主にはそれなりの軍を保有する権利を認めざるを得なかった。

それは、ある意味では致《いた》し方《かた》のない判断だったのだろう。

(だがその結果、国内に反乱の種を残してしまったのも事実……)

勿論、王家が領主達を抑えつける事の出来るだけの戦力を保有していれば問題はなかった。

しかし、五百年という長い歴史の中で、王家のもつ力と権威《けんい》は徐々《じょじょ》に細っていった。

その為、エレナに早急《さっきゅう》な部隊編成を命じた事自体は間違ってはいないだろう。

だが、問題はその奥《おく》に隠された狙《ねら》い。

(踏《ふ》み絵《え》……だろうな。確かに、エレナ様と御子柴男爵殿《どの》は親密な関係を築いてきた。そう言う意味からすれば陛下の気持ちは理解出来なくもないが……あまりな仕打ちだ)

ルピス女王の思惑《おもわく》に、クリスは小さく首を横に振る。

しかし、だからと言って騎士団の新設を止める事も出来ない。

騎士団の新設は、今後のローゼリア王国の行く末を決める上で重要な要因なのは間違《まちが》いないのだから。

（やはり王家の力が弱いのは問題だ。力を失った王に従う領主は居ない……）

弱いという事は基本的に罪だ。

それは、どれだけ歴史が長かろうと関係ない。

領主である貴族がローゼリア王国に属し、王に仕えるのはそれが自分達にとって利益があると考えるからだ。

では、貴族達の言う利益とは何か。

（安全……だろうな。そして、その安全を保障出来ない王に仕えようという貴族は少ない）

勿論、例外はある。

家の名誉の為に、自らの命はおろか領民まで巻き込んでローゼリア王国への忠節に散った貴族も居ない訳ではないのだから。

だが、そんな事例は五百年の歴史の中でも片手で数えられるくらい稀《まれ》な話。

クリス自身も騎士としてそう言った人間の忠義を好ましい物だと考えていた。

（だが……現実は……）

クリスの脳裏に、実家の一室で死を待つだけの祖父の姿が浮かんだ。

それを考えれば、軽々しく忠節を尽《つ》くす事が大切だなどとは言えない。

（確かに祖父が腐肉《ふにく》病に侵《おか》されてアーレベルク将軍の横車によって薬の入手を妨害《ぼうがい》された。その結果、薬を飲めば治療《ちりょう》出来た祖父は今……激痛と闘《たたか》いながら死を待つ身だ）

本来であれば、此処《ここ》まで酷《ひど》い事にはならなかった。

腐肉病は確かに死に至る病だが、治療薬《ちりょうやく》が存在するのだから。

だが、治療薬はエレナと前の将軍であったアーレベルク将軍との確執《かくしつ》に巻き込まれて入手する事が出来なかった。

祖父であるフランク・モーガンは死病を患《わずら》い、今はベッドに寝《ね》たきりの状態。

医者の見立てでは、余命は一月《ひとつき》か二月《ふたつき》と言ったところらしい。

(恐《おそ》らく、北部征伐が終わるまで祖父が生きている事は無いだろう)

親にも等しい肉親の死に目に会えない訳だ。

その事にクリスは一抹《いちまつ》の疚《やま》しさを抱いていた。

だが、今のクリスはローゼリア王国の全軍を指揮する立場にあるエレナの側近として、彼女《かのじょ》を支えなければならない。

如何《いか》に肉親といえども、今の状況で死に水を取るのは不可能なのだ。

今は、麻薬《まやく》に似た作用を持つ強力な鎮痛剤《ちんつうざい》を大量に服用する事で何とか平静を保っているが、一度薬が切れれば、全身の腐食《ふしょく》による激痛で身を悶《もだ》え苦しむ羽目になる。

激痛により体は激しく痙攣《けいれん》し、口から涎《よだれ》がまき散らされる様を見せられる時は、ただ一人の肉親として悲しさとやるせなさで、自分の心が押しつぶされる様な感覚を抱いたものだ。

しかし、祖父がそうなった原因は誰にあるのかと問われると、クリスはアーレベルク将軍だと言い切れなかった。

（お爺様《じいさま》はエレナ様への忠義に殉《じゅん》じた騎士だ……それは正しい姿だろう）

その事を否定しようとは思わない。

だが、結果としてフランク・モーガンは死を待つ身だ。

クリスが長い間不遇の境遇《きょうぐう》に甘んじる事になった原因も、元をただすとフランクの頑迷《がんめい》さに起因するのだから。

（もっと賢《かしこ》い立ち回り方があったのではないのかと思うのは、私の忠義が足りない証拠なのだろうか……）

苛立《いらだ》ちがクリスの心を苛《さいな》む。

それは年齢《ねんれい》の差なのか、はたまた性格の差か。

どちらにせよ、クリスの心はエレナへの忠義と自己の打算の狭間《はざま》で揺《ゆ》れ動いていた。

何故なら、忠義を向けるべき相手であるエレナ・シュタイナーの心自体が揺れ動いてしまっているから。

自らの執務室《しつむしつ》に戻ったクリスは、椅子に深々と腰掛けると、天を仰《あお》いだ。

来るべき戦の到来《とうらい》を前に、自分がどの様な道を辿《たど》るのかと悩《なや》みながら……。

王都ピレウスより北東に位置するウォルテニア半島の中ほどにある入《い》り江《え》には、とある男の手によって建設された町がある。

魔境《まきょう》とも呼ばれた人跡未踏《じんせきみとう》の奥地《おくち》に存在するその街の名はセイリオス。

ギリシャ語で【光輝《ひかりかがや》くもの】や【焼き焦《こ》がすもの】という意味の言葉だ。

それは冬の星空の中で、一際《ひときわ》青く輝《かがや》く恒星《こうせい》シリウスの語源となった言葉。

そして、御子柴亮真という男の決意が込められた名前でもある。

クリスが己の行く末に迷いを感じ始めた丁度その夜の事だ。

そのセイリオスの街の中央に建てられた御子柴男爵《だんしやく》家の屋敷《やしき》で、二人の男が酒を酌《く》み交《か》わしていた。

一人は先日行われたミスト王国との会合を無事に終えて帰還した、この御屋敷《おやしき》の主である老け顔の青年。

もう一人は、長めの白髪《しらが》をポニーテールの様に束ねた老人。

二人は月明かりの差し込む窓の近くに置かれたソファーに腰掛けながら、テーブルの上に置かれた酒瓶《さかびん》を傾《かたむ》ける。

そして壁際《かべぎわ》には、ローラ・マルフィストとサーラ・マルフィストの双子《ふたご》の姉妹がメイド服を身に着けて待機していた。

護衛兼給仕《けんきゆうじ》と言ったところだろうか。

勿論、亮真は浩一郎《こういちろう》を信用はしている。

だが、その一方で今の亮真の立場を考えれば、たとえ相手が肉親であってもある程度《ていど》の警戒《けいかい》は必要だろう。

何しろ、本来此処に居る筈のない人間との会談なのだから。

彼等が手にしているグラスに入っているのは、文法術によってつくられた丸く成形された氷と琥珀色《こはくいろ》の液体。

時折、氷の解けていく過程《かてい》で奏《かな》でるひび割れの音が室内に響《ひび》く。

老人は静かにグラスの中の琥珀色の液体を見つめる。

そして、ゆっくりと鼻を近づけた。

「良い酒だ……冷やしていても香《かおり》高く気品がある。熟練の職人による名品だな」

低く鋼の様な強さを秘《ひ》めた声が老人の唇《くちびる》から零《こぼ》れた。

それは、嘘偽《うそいつわ》りのない賞賛の言葉。

「そいつはどうも……喜んで貰えれば幸いさ。俺《おれ》も態々《わざわざ》シモーヌに頼《たの》んで、中央大陸から取り寄せた甲斐《かい》があるってもんだ」

白葡萄《ぶどう》を用いて作ったワインを蒸留した後に、木の樽《たる》に入れて熟成させた物で、亮真が聞いた限り製造方法は地球とあまり変わらない。

だが、元となった白ワインに風土の違《ちが》いがあるせいか、香《かお》りがかなり強いのが特徴的《とくちょうてき》だ。

(これ一本で平民の平均年収の三倍から五倍はするって話だからな……気に入って貰えなければ詐欺《さぎ》だぜ……)

そんな思いを抱きながら、亮真はテーブルの上に置かれた酒瓶に呆《あき》れる様な視線を向ける。

酒の好みは出てくるだろうが、流石に不味《まず》いと言われる事だけはない。

何しろこれは、先日亮真が王都ピレウスで催した夜会で、多くの貴族達に提供した品なのだ。

そしてその場には、御子柴男爵家の経済力を誇示《こじ》する為に、赤ワインや白ワインを始め各種の酒を準備していた。

勿論、全《すべ》ての品が金で買い集められる中の最高級品。

酒や料理、演奏の為に呼んだ楽団に支払《しはら》った諸々《もろもろ》の経費は、ローゼリア王国に割拠《かっきょ》する男爵《だんしゃく》家や子爵家程度の税収では到底賄《とうていまかな》えない。

それこそ、伯爵家以上の有力貴族家であっても、相当な覚悟を必要とする出費だろう。

まさに、山海の珍味《ちんみ》を金に糸目をつけずに集めた訳だ。

(あの時は碌《ろく》に食事を楽しめなかったからなぁ……)

夜会の目的は、あくまでも御子柴男爵家の経済力を見せつける事。

それによって、自分に敵意を持つ貴族達の心を圧《へ》し折るのが目的だ。

当然、食事や酒を楽しむ時間など亮真にはない。

何杯《なんばい》かワインを口にしたが、逆に言えばそれだけだ。

この琥珀色のブランデーもじっくり味わうのは今日が初めてという事になる。

(初めて味わって飲んだが悪くはないな。ただ、値段相応の味かと言われると微妙《びみょう》か……少なくとも、好き好んで買いたくなる品ではない……か)

そんな事を考えながら、亮真は再びグラスに軽く口を付けた。

豊かな香りが鼻を擽《くすぐ》り、強烈《きょうれつ》なまでの酒精が喉《のど》を焼く。

溶《と》けた氷によって少しは抑《おさ》えられている筈なのに、元々の度数が高いからだろう。

勿論、不味い訳ではない。

いや、美味《うま》いか不味いかと問われれば美味いと答える。

だが、平民の平均年収の三倍以上も払う価値があるかと問われれば亮真個人としては首を傾《かし》げてしまうのも確かだ。

勿論、物価の異なる大地世界と日本の貨幣《かへい》価値を正しく算出するのは極《きわ》めて難しい。

だが、亮真の感覚的には日本円に換算《かんさん》して、一千万円位の値段が付くだろうと予想はしている。

（まぁ、酒の値段として一千万は破格だ。とは言え、オークションか何かに出されるプレミア付きだと、億を超《こ》える奴もあるらしいし……まぁ、あの手の酒は、酒の中身の値段じゃなくて、ダイヤモンドなんかで宝飾《ほうしょく》された酒瓶の値段が高いって話らしいが……中央大陸から輸送するコストをプレミアと同じ様に考えれば、妥当《だとう》と言えば妥当……か？）

それは長い船旅だ。

天候や風向きによって、航海日数は変動するが、片道で数ヶ月は掛《か》かる。

往復となれば、場合によっては年単位だ。

その上、海には海の怪物達《かいぶつたち》が獲物《えもの》を狙って蠢《うごめ》いている。

その危険性は陸上輸送以上だろう。

逃《に》げ場《ば》のない大海原《おおうなばら》を越える大陸間航路は、船乗り達にとって一攫千金《いっかくせんきん》を得られる夢の道標《みちしるべ》であるのと同時に、死出の旅路へなる危険性を常に孕《はら》む博打《ばくち》なのだ。

（そう言った艱難辛苦《かんなんしんく》の果てに俺の口に入ったと思えば、文句を言うのも間違っているかもしれないけれどな）

そんな事を考えつつ、亮真は手の中のグラスを軽く回す。

未《いま》だ原型をとどめている氷の塊《かたまり》が心地《ここち》よい音色を響かせた。

（本来なら、氷なしで飲むべき……か）

解けた氷によって酒精は少し薄《うす》まっている。

当然、味や香りもその分だけマイルドになっている筈だ。

（とは言え、別に美食研究家じゃないし、品評会をするって訳でもないから……な。俺の好きに飲ませて貰《もら》うとしよう）

本来であれば、これほど良い酒に氷を入れるのは、職人に対しての冒瀆《ぼうとく》なのかもしれない。

品質を確かめるという観点で考えれば、確かに余分な物を付け足すのは、正当な評価を歪めてしまう要因になるのだから。

だが、酒を楽しむという観点ではどうだろう。

果たしてそこに、正しい酒の飲み方は存在するだろうか。

例えば、ガイドブックを書くライターなどを職業としている場合は、もっと様々な飲み方を試して評価するべきだと亮真は考えている。

水割り、お湯割り、炭酸割りなど選択肢は幾らでもある。

カクテルやコークハイなども酒の楽しみ方の一つであり、そこに優劣など存在しない。

好みは人それぞれなのだから。

そして、亮真と浩一郎は共に氷入りのロックを好むというだけの話。

(極端な話、ビールに氷を入れて飲みたければ飲めばいいんだし)

確かに日本人には馴染《なじ》みのない飲み方ではあるので、大半の日本人はビールに氷を入れて飲む事を敬遠している。

亮真自身も、ビールを氷で冷やして飲みたいとは思わない。

だが、実際に世界ではビールに氷を入れて飲む国も多いのも事実。

特に、東南アジア圏《けん》であるベトナムやタイでは、ビールに氷を入れて冷やして飲むのが主流だ。

まだ日本に居た頃《ころ》、偶々《たまたま》ネットで知った程度の知識だが、衝撃的《しょうげきてき》とも言える内容なので数年たった今でも亮真はハッキリと覚えている。

問題なのは、それを他人に押し付けるかどうかという点。

(その線引きを間違えると、血の雨が降る事になる)

たかが酒の飲み方だ。

実に些細《ささい》な問題。

しかし、些細な問題だからこそ、時に人はその些細な問題によって命のやり取りをする羽目になる。

特に、御子柴浩一郎の様なタイプの人間には要注意だ。

（下手に機嫌《きげん》を損《そこ》ねると面倒《めんどう》くさくなるからな）

それが、十数年もの間共に暮らしてきた亮真の結論。

亮真から見れば最も長く時間を共有した肉親だ。

それだけ、相手を理解しているという自負はあった。

肉親なのだ。

亮真がそう考えるのも当然だろう。

（だが……そんな俺でも知らない事があった……）

亮真は無言のままグラスを傾ける浩一郎へ視線を向ける。

本来であれば、もっと前に問い詰めるべき問題ではあっただろう。

この大地世界に居る筈の無い人間がいるのだ。

勿論、カンナート平原の戦いの前夜にある程度の話は聞いていた。

その後も折々に話を聞いていない訳でもない。

だが、腹を割って全てを聞いたとはとても言えないのが現状。

そして今夜は、今後ルピス女王との本格的な開戦を前にして、個人的な質問をする事の出来る数少ない機会と言っていいだろう。

そんな亮真の心の内を察したのか、浩一郎はグラスに視線を向けながら小さく呟《つぶや》いた。

「それで、何が聞きたい？」

「そうだなぁ……」

その問いに亮真は微《かす》かに首を傾げた後、深いため息をついた。

正直、浩一郎に聞くべき事が多すぎるのだ。

地球で暮らしている筈の浩一郎がこの大地世界に居る理由。

しかも、浩一郎がこの世界に召喚《しょうかん》されてから年単位の時間が過ぎているらしい。

(俺の事を知らなかったという話なら理解も出来るが……)

だが、王都ピレウスを脱出《だっしゅつ》した亮真達の前に現れた時に、浩一郎は亮真が置かれた状況に対しての情報をかなり前から知っていたと語った。

普通《ふつう》に考えれば理解出来ない判断だろう。

(それに……あの鄭孟徳《ていもうとく》って中国人とヴェロニカ・コズロヴァってロシア女の二人だが、一体何者なんだか……)

勿論、二人が只者《ただもの》ではない事は所作の節々から見て取れる。

どちらも自分の手で人を殺した経験を持つ人間特有の空気を纏《まと》っているのは同じだ。

(それも、一人や二人といった数じゃない……)

最低でも十人単位。

下手をすれば百人単位でその手を血に染めている筈だ。

勿論、証拠《しょうこ》は何もない。

伏兵部隊《ふくへいぶたい》の存在を祖父である浩一郎から伝えられた際に、同行者として簡単な挨拶《あいさつ》を受けた後、亮真は彼等二人とまともに会話を交わした事が無いのだ。

精々が、屋敷の廊下ですれ違った際に軽く会釈《えしゃく》を交わす程度。

知人と言うよりも、ただの他人と言う方が正しいだろう。

百歩譲《ゆず》っても、亮真にとっては祖父の知人という立ち位置でしかない。

だが、それでも分かる事もある。

(単に鍛《きた》えただけじゃ、あの空気を纏うのは絶対に無理だからな)

それは、形容しがたい違和感《いわかん》だ。

だが、その違和感は決して気のせいではない。

警察官という職業に就《つ》いた人間は、非番の時に私服で街を歩いても、同じ警察官かどうかが瞬時《しゅんじ》に見分ける事が出来る。

これは、厳しい訓練の結果、歩き方や姿勢、周囲への目の配り方など、所作の端々《はしばし》に職業的な特徴《とくちょう》がどうしても出てしまうのだ。

そしてこれは、殺人者にも同じ事がいえる。

それはいうなれば、草食獣《そうしょくじゅう》の中に肉食獣《にくしょくじゅう》が紛《まぎ》れ込んだかの様な違和感。

或《ある》いは、血の臭《にお》いがするという言い方の方が簡単かもしれない。

そして、殺人者は自分以外の殺人者を臭いで嗅《か》ぎ分ける。

(まぁ、あのお堅《かた》い感じからして二人共軍人上がり……鄭って中国人の方は実戦経験も豊富な特殊《とくしゅ》部隊上がりってところか……それに比べると、あのヴェロニカって女の方は……まぁ、現場の叩《たた》き上げっていうよりは、安全な後方に陣取《じんど》る指揮官ってところだろうな。だが、その分、タチは悪そうだ……)

人を直接その手に掛けるのと、他人に命じて殺させるのでは話がだいぶ変わって来る。

だが、その本質は同じ。

自らの手に銃《じゅう》やナイフを握《にぎ》るか、銃やナイフの代わりに人を武器として使うかの差でしかないのだから。

(それが、地球での話なのか、このくそったれな異世界に召喚されてからの話なのかは分からないがね)

それは御子柴亮真という男が、その類いまれな嗅覚《きゅうかく》で感じ取った何かから分析《ぶんせき》した答え。

言ってしまえばただの勘《かん》が、鄭孟徳とヴェロニカ・コズロヴァと言う二人の人物を正しく鑑《かん》定《てい》した結果だと亮真は確信している。

(そして問題は、そんな二人がうちの爺《じい》さんに偉《えら》い丁重《ていちょう》な態度をとっている点だ……)

鄭とヴェロニカの浩一郎への態度は、簡単に言ってしまえば主人と使用人。

鄭の方は完全に執事《しつじ》の様な感じになっているし、ヴェロニカの方は秘書の様なものだろう。

勿論、それに問題が有るわけではない。

だが、一体どんな経緯を辿れば、祖父に中国人の執事とロシア人の美人秘書が付き従う様になるというのだろう。

正直にいって、想像がつかないというのが亮真の本音だ。

(それに、飛鳥《あすか》の事もあるしな……)

幼馴染《おさななじみ》である従兄妹《いとこ》もまた、この大地世界に召喚されているらしい。

浩一郎から、今は安全だからと言われ後回しにしてきたが、それもそろそろ限界だろう。

（安全っていうが、この世界に安全なんて言葉は無いからな……）

勿論、恋愛《れんあい》感情はない。

だが、祖父である御子柴浩一郎を除けば、亮真にとって最も身近な肉親と言える存在が桐生《きりゅう》飛鳥と言う少女だ。

亮真はこれからルピス・ローゼリアヌスとの戦が控《ひか》えているが、場合によっては伊賀崎《いがざき》衆の中から手練《てだ》れを何人か手配しても良いとさえ思っている。

（それに……あいつは俺と違って……優《やさ》しすぎる……）

良くも悪くも桐生飛鳥と言う少女は普通だ。

勿論、学業は優秀《ゆうしゅう》だし、中学高校と弓道部《きゅうどうぶ》に所属し、様々な大会で好成績を残している才媛《さいえん》ではある。

容姿も十人中九人以上が美人と評価する程度には美しいのも事実だろう。

才色兼備《さいしょくけんび》という言葉はまさに、桐生飛鳥の様な少女の事を云《い》うに違いない。

武術の才にも恵《めぐ》まれ、師である浩一郎直伝の技法を幾つも習得している。

単純な技量と言う意味だけならば、飛鳥には自分の身を守る力も、敵を殺す力もある。

だが、それでも桐生飛鳥と言う少女は普通だ。

普通に善良で、普通に心優《こころやさ》しい少女。

仮に自分の身が危険になっても、逃げようとするだけで、武器を取って立ち向かおうとはしないだろう。

ましてや、相手を殺す覚悟など持ちえる筈《はず》もない。

相手を傷付けるくらいならば、自分が傷付く事を選ぶだろう。

殺意という刃《やいば》の無い刀。

それが、桐生飛鳥と言う少女の本質だ。

(まぁ、日本で暮らすなら、それで構わなかったんだがな……)

亮真は別に、飛鳥を貶《けな》したい訳ではないし、非難したい訳でもない。

ただ、この大地世界という野蛮《やばん》で醜悪《しゅうあく》な世界では、飛鳥の善良さはただ愚《おろ》か者《もの》の弱点でしかない事を知っているだけの事だ。

様々な想《おも》いが脳裏を過る。

そして長い沈黙《ちんもく》の後、亮真はゆっくりと口を開いた。

「まぁ、初めから全てを……ってところか」

それは、端的《たんてき》にして唯一《ゆいいつ》の問い。

それはそうだろう。

結局、どんな選択《せんたく》にせよ、事情を聴《き》かなければ判断のしようがないのだから。

だが、そんな亮真の言葉に、浩一郎は少し意外そうな表情を浮かべた。

そして、肩越《かたご》しに壁際に経《た》つローラ達へ視線を向ける。

「そこのお嬢《じょう》さん達に聞かせていいのか？」

それは当然の問い。

浩一郎が普段《ふだん》は影《かげ》の様に付き従っている鄭やヴェロニカを連れてこなかったのも、込み入った話になると予想がついていたからだ。

そしてそれは当然、亮真も同じ考えだと思っていた。

しかし、そんな浩一郎の問いに、亮真は首を横に振《ふ》った。

「あぁ、問題ない」

それは、断固とした言葉。

その言葉に、浩一郎は探《さぐ》る様な視線を向けた後、ニヤリと笑った。

「そうか……運が良かった様だな……」

「運が良かったねぇ……本当に運が良いなら、こんな世界に召喚なんてされやしないと思うけれどな？」

それは極めて当然の疑問。

少なくとも、亮真自身は自分が強運の持ち主だとは微塵《みじん》も思ってはいない。

しかし、そんな亮真の反応を浩一郎は否定する。

「いや、この世界でお前がそこまで信頼《しんらい》のおける人間と巡《めぐ》り合えたというのは、本当に幸運な事だ」

それは、実感の籠《こも》った言葉。

そんな浩一郎の重い言葉に、亮真は一瞬《いっしゅん》返答を詰まらせた。

そして、苦笑いを浮かべて答える。

「そいつはなんて言ったらいいのか、返答に悩むところだな」

正直言って、何をどうやって取り繕《つくろ》うとしたところで、この大地世界に召喚されたこと自体は運が良いなどと言える筈もない。

住めば都などという言葉もあるが、そんな綺麗《きれい》ごとでは到底済まないのだ。

理由は色々とある。

特に治安や、怪物《かいぶつ》といった超生物《ちょうせいぶつ》の存在などは生死に直結した問題だろう。

何しろ、この大地世界に召喚された地球人の多くは、戦争に赴《おもむ》く兵士としての役割を期待されて呼び出されている。

いわば、使い勝手の良い消耗品《しょうもうひん》。

まともな生活など送れる筈もないだろう。

だがそれ以上に厳しいのは、文明の成熟具合。

地球と大地世界では、文化も生活水準もあまりに違いすぎる。

現代日本が完璧《かんぺき》な理想郷ではないにせよ、大地世界での過酷《かこく》さに比べれば、天国と地獄《じごく》と言って良い。

確かに亮真は日本からオルトメア帝国《ていこく》の主席 宮廷法術師《きゅうていほうじゅつし》であるガイエス・ウォークランドによって召喚された異世界人ではあるが、ローゼリア王国から男爵の地位を叙勲《じょくん》されウォルテニア半島という領地を保有している貴族でもある。

そう言う意味からすれば、一定以上の成功を収めていると言っていいだろう。

だが、ガスも電気もない世界で出来る事など限られている。

風呂《ふろ》に入るだけでも、ボタン一つで湯が沸《わ》かせる日本との生活とは労力が比べ物にはならないだろう。

だが、まだ風呂位であれば我慢《がまん》は出来る。

亮真の今の立場ならば、使用人に命じれば済む話なのだから。

汲《く》み取り式便所の様な前時代的なトイレに関しては、正直かなり不満ではあるが登山経験がある関係で妥協《だきょう》出来なくもない。

だが、文化面。特に娯楽《ごらく》という観点では絶望的だ。

(ザルツベルグ伯爵《はくしゃく》が美食や女に狂《くる》ったのも当然だ。他に楽しみと言える事なんてそうそうないだろうからな)

例えば読書だ。

趣味《しゅみ》としては王道の一つだろう。

日本で暮らしている間、亮真は様々な趣味を持っていたが、その多彩《たさい》な趣味の中でも読書はかなりの比率を占《し》めている。

だが、この大地世界に召喚されて以来、亮真は趣味としての読書をした事が無い。

勿論、大地世界に本や書物の類いがない訳ではない。

しかし、街の書店に気軽に買いに行ける程身近ではないのだ。

（それに、買うならシモーヌやミストール商会の様な大手の商会に頼まなければならないからな）

しかも、注文して直ぐに買える訳ではない。

最低でも一ヶ月程度は見なければならないだろうし、物によっては入手に年単位の月日が必要となる。

その上、書物自体がかなり高価な品として扱《あつか》われている。

値段はピンからキリだが、高い物だと今飲んでいる酒瓶と同じ程度の値段はするだろう。

理由は、簡単だ。

生産性の低さ。この一言に尽きるだろう。

確かに、一部は活版印刷などの技術も存在している。

だが、未だに手書きの写本が主流な世界だ。

その為《ため》、識字率も低い。

自分の名前を書ける程度であれば別だが、文字を読み書き出来るという事は、この大地世界では専門職と言っていいだろう。

その為、書物を読める人間が少ない。

読める人間が少ないから、販売数《はんばいすう》が少ない。

需要《じゅよう》が低いから、生産数が上がらない。

結局、鶏《にわとり》が先か卵が先かという問題に直面する訳だが、その結果として書物という品はかなりの高級品となっている。

そして、本屋で買える本は必然的に専門書の類いが多くなってくる。

娯楽としての書物などこの大地世界ではまずお目に掛かる事は無い。

あって、貴族階級の幼児教育向けに作られた絵本くらいだろうか。

(まぁ……どんな原理か、中国語を勉強した事のない俺が原著の李衛公問対《りえいこうもんたい》を読めるのはありがたいけどな)

確かに原著を読める事自体は嬉《うれ》しい。

そう言う意味から言うと悪い事だけではない事も否定は出来ない。

しかし、残念ながら兵法《へいほう》書を読んでも娯楽にはならないのだ。

(兵法書を読むのは、あくまでも自分が生き残る為の手段でしかないからな……)

亮真が考える豊かな人生とは、どれだけ余暇《よか》を楽しめるかという点だろう。

本が読めれば満足なのではない。

楽しい本を読みたいのだ。

(具体的に言えば、コミックやライトノベル辺りか?)

他には推理小説や時代小説なども良いだろう。

しかし、そんな娯楽小説など望むべくもない。

この殺伐《さつばつ》とした戦禍《せんか》の絶えない世界で、娯楽小説の類いを執筆《しっぴつ》しようなどと思う筈もない。

娯楽とは、あくまでも余力があればこそなのだ。

勿論、時たま地球から召喚された人間に巻き込まれて、書物の類いがこの大地世界にやってきて街の商会で売られている事は有り得るだろう。

実際、亮真は王都ピレウスの古本《ふるほん》を専門に扱う商会で、長年埃《ほこり》を被《かぶ》っていた中国語で書かれた原著の李衛公問対を購入《こうにゅう》した事がある位だ。

そう言う意味からすればコミックやライトノベルの類いも手には入るかもしれない。

だが、問題はシリーズ物が全て買い揃《そろ》えられるかという点だ。

全巻が揃った状態で売られている可能性などまずない。

その結果、娯楽を楽しむところか余計に不満を抱《いだ》く羽目になる。

確かにそんな事は実に小さな不満。

他人から見れば、馬鹿《ばか》にされる可能性もあるだろう。

だが、御子柴亮真という男にしてみれば、ある意味で他人の命以上に価値が有り重い問題。

極端な話、ルピス女王の首と引き換《か》えに好きなコミックをシリーズで貰えるとなれば、亮真は喜んでルピス・ローゼリアヌスと言う女を殺して、その首を斬《き》り落とすだろう。

そう言う意味から言っても、この大地世界に召喚されて幸運などとは口が裂《さ》けても言えない。

だが、浩一郎の言葉を否定すれば、マルフィスト姉妹の心にいらぬ動揺《どうよう》を与える。

言い様によっては、マルフィスト姉妹を信頼出来ない人間だと言うとられ方も出来なくはないのだから。

実際、この場にマルフィスト姉妹を同席させている事から考えても、亮真が二人を大切に想っている事は間違いないだろう。

(本来なら、きちんと言葉にするべき……なんだろうけどな)

だが、それを言葉にするという行為《こうい》に、亮真は気恥《きは》ずかしさを感じてしまう。

それが分かっているからこそ、亮真は浩一郎の視線から逃《のが》れる様に顔を伏《ふ》せて、手の中のグラスに視線を注ぐと一息に呷《あお》った。

そんな亮真の態度《たいど》に浩一郎は目を細めて嗤《わら》う。

「まぁ、お前がそう言うのであればそうなのか、それを否定する気はないが……」

そして、揶揄《からか》う様な口調で爆弾《ばくだん》を落とした。

「それで、どちらを嫁《よめ》にでもするつもりだ？」

その瞬間《しゅんかん》、亮真は口に含《ふく》んでいた酒精に咽《む》せる。

それに重なる様に、壁際に立つ二人の少女から息を呑む音が零れた。

そんな孫とその従者の姿に視線を向けながら、浩一郎は楽し気に更《さら》に追撃《ついげき》を掛ける。

「なんだお前……二人共か？　まぁこの大地世界ならば妻を何人娶《めと》っても問題はないが、体力的に中々キツイぞ？」

吹《ふ》き出しこそしなかったが、思わぬ祖父の言葉に動揺して体を折り曲げながら激しく咳《せ》き込む亮真。

しばらく室内に響く咳き込みの音。

だがやがて、痙攣していた亮真の背の震《ふる》えが徐々に収まっていく。

そして、亮真は伏せていた顔を上げると、口元をハンカチで押さえながら浩一郎を睨《にら》みつけた。

「全く良い趣味してるぜ、爺《じい》さん。その捻《ひね》くれた性格はこの大地世界に来ても相変わらずらしいな」

だが、そんな孫の非難めいた視線を受けても当の本人はどこ吹く風《かぜ》だ。

そして、ハッキリとした態度を示さない孫に向けて首を傾げて見せる。

「ふむ……だが、嫌《きら》いではないのだろう？　少なくとも相当な信頼関係が無ければ、この場に同席させる訳も無いからな」

その言葉を受け、亮真は思わず浩一郎から視線を逸《そ》らした。

（完全に遊んでいやがる……この糞爺《くそじじい》が！）

自覚していた己《おのれ》の内心を肉親である浩一郎に指摘《してき》されたのだ。

そんな浩一郎に対して、亮真が取れる対抗《たいこう》手段は沈黙。

そんな亮真に対して、サーラが何かを言おうと口を開きかける。

だが、隣《となり》に立つローラが妹の言葉を塞《せ》いた。

勿論《もちろん》、二人の気持ちはその顔に浮《う》かんだ表情を見れば一目瞭然《いちもくりょうぜん》と言えた。

それは、亮真の本心を知った喜びからの行動だったのだろう。

長年仕えてきた主の気持ち。

本当は亮真の口からハッキリとした言葉で聞きたかったに違いない。

だが、純真なサーラに対して慎《つつ》ましい性格のローラは、愛する主の面子や矜持《きょうじ》に配慮《はいりょ》してサーラの口を塞いだ。

そして、そんな二人に対して浩一郎は愉快《ゆかい》そうに笑い声をあげる。

それは久方ぶりに見た、祖父の大らかな笑顔《えがお》だ。

そして、浩一郎は亮真に頭を下げる。

「いや、すまん。揶揄うつもりはなかったのだがな。場を和《なご》ませようとしたのだが、つい調子に乗って余計な事を口にしてしまった。勘弁《かんべん》してくれ」

そう素直《すなお》に謝《あやま》られると、亮真としてもこれ以上文句は言えない。

沈黙が部屋を支配する。

やがて、亮真の口から深いため息が零れた。

そして、苦笑いを浮かべながら、肩《かた》を竦《すく》める。

（まぁ、確かに息抜《いきぬ》きの話題としては悪くなかったかも……な）

父と母の温《ぬく》もりを知らない亮真にとって、浩一郎は祖父であると同時に親でもある。

まぁ、確かに世間一般《いっぱん》で言うところの親の愛ではなかったかもしれないが、それでも数少ない肉親なのだから。

だが、今の亮真には残念ながら色恋《いろこい》に割り当てる時間など無い。

だから、亮真は脱線《だっせん》しかかった話題を元に戻《もど》す。

徐《おもむろ》に亮真はズッと気になっていた疑問を口にした。

「まぁ、良い。とりあえず話を元に戻そう」

その言葉と同時に、弛緩《しかん》しかかっていた部屋の空気が一瞬で張り詰《つ》める。

そこに、先ほどまで己の本心と向き合う事に消極的だった多感な青年の姿はない。

浩一郎の目に映るのは、自らが鍛え上げた、武人としての御子柴亮真と言う男の姿。

「それで、爺さんは結局、なんでこの世界に居るんだ？　それにあの鄭孟徳って中国人と、ヴェロニカ・コズロヴァってロシア女は何者だ。どこで知り合った？」

その問いに、浩一郎はグラスのブランデーを一口呑んで喉を湿《しめ》らせると、ゆっくりと己の過去を語りだした。

それはこの大地世界に意図せず召喚され、数奇《すうき》な運命の導きにより日本へ帰る事の出来た一人の男の長い長い物語。

時間はどれほど経っただろう。

浩一郎がこの部屋を訪《おとず》れた際には殆《ほとん》ど新品だった蝋燭《ろうそく》は、浩一郎の話が終わった時には既《すで》に半分以下の長さになっていた。

「成程《なるほど》……やっぱりそう言う事か……まさか、爺さんが一度この大地世界から日本に帰った帰《き》還者《かんしゃ》とは……な」

浩一郎の口から一通りの話を聞き終え、亮真はソファーの背もたれに体を深く預け、天井《てんじょう》を見上げた。

（しかし、爺さんの話を聞いた限りでは、同じ方法で日本に帰るのはまず不可能だろうな……）

以前、帰還《きかん》の為の手段を探していた時に、亮真はエルネスグーラ王国で【ミレイシュの隠者】と呼ばれるアナマリアという女性から、日本に帰還する為の方法を尋《たず》ねた事がある。

その際にも、アナマリアは亮真に対して帰還の方法は無いと告げた。

その理由は、亮真として正直に言って納得《なっとく》するしかなかった訳だが、今回の浩一郎の話はそのアナマリアの説明を補完していた。

より正確に言えば、帰還は絶対に不可能ではない。

だが、何の対策も取らずに組織が用いたという逆召喚の儀式《ぎしき》を発動させたところで、良い結果にはならないだろう。

（新たな犠牲者《ぎせいしゃ》を無駄《むだ》に増やした上、俺自身が次元の狭間に閉じ込められかねないからな……）

正直に言えば、他人を犠牲《ぎせい》にする覚悟《かくご》がない訳ではない。

今更《いまさら》、他人の命がどうのと綺麗ごとを言うほど、御子柴亮真という人間は甘《あま》くない。

だが、それはあくまでも自分が助かるという確証があればこその話。

百歩譲って自分の命を賭《か》けの代償《だいしょう》にするとしても、浩一郎の話を聞いた限りではあまりに勝算が無さ過ぎた。

とは言え、浩一郎から聞いた話は、亮真がこの大地世界で初めて聞いた帰還に関しての手掛《てが》かりでもある。

簡単に諦《あきら》める訳にもいかないだろう。

「まぁ、こいつに関しては一旦《いったん》保留だな」

そう小さく呟くと、亮真は天井を見上げるのを止めて、浩一郎の方へ体を向けた。

「それで……鄭とコズロヴァの二人を爺さんの付き人にしたのが、劉大人《りゅうターレン》っていう昔馴染《むかしなじみ》なのか？」

「鄭さんの方はその通りだ。ニーカ殿《どの》の方は詳細《しょうさい》を聞いてはおらんが、未だに儂《わし》に便宜《べんぎ》を図《はか》って融通《ゆうずう》をしてくれる人間が居るらしい。まぁ、どちらにせよ、組織の知人が手を回してくれた結果だ……」

その言葉に、亮真は苦笑いを浮かべる。

他に、返答のしようがなかったのだ。

「大した友人関係だ。確かに爺さんならそういう裏社会の人間と顔見知りでも驚《おどろ》きはしないが、まさか西方大陸全土に根を張る巨大《きょだい》組織の幹部に伝手《つて》があるとは……ね」

ザルーダ王国の援軍《えんぐん》の際に、国王であるユリアヌス一世は西方大陸の闇《やみ》に暗躍《あんやく》する巨大組織の存在を亮真に示唆《しさ》した。

実際、亮真としてはその闇の組織こそが、自分達の行く手を阻《はば》む諸々の元凶《げんきょう》だと見定めていた訳だが、浩一郎の話を聞いた限りでは今後の方針に修正を余儀《よぎ》なくされるだろう。

少なくとも、敵対的な行動は慎《つつし》むべきだ。

（とは言え、味方とも言い切れない様だけど……な）

地球から召喚された異世界人と、彼《かれ》らの子孫によって形成される組織と呼ばれる集団。

その目的はどうやら、「より良い明日を得る為」という事らしい。

だが、問題はその「より良い明日を得る為」の手段だ。

（かなりこの大地世界を恨《うら》んでいるみたいだからなぁ……）

組織の構成員にとって、この大地世界という世界は憎悪《ぞうお》の対象。

彼等は、地球での平穏《へいおん》な生活を無理やり奪《うば》われ、この過酷な世界へと強制的に拉致《らち》された被《ひ》害者《がいしゃ》と言っていいだろう。

だから、彼等はこの大地世界に暮らす人間に対して情け容赦《ようしゃ》はない。

組織が西方大陸の戦争を煽《あお》るのもそれが根本的な原因の一つだろう。

（心情的には、白人至上主義者が他の人種に向ける様な感情が近いのかな？）

実際、この大地世界の文明水準を考えれば、地球で生活していた現代人が、大地世界の人間を未開の野蛮人《やばんじん》だと見下しても仕方はないだろう。

差別的と言われるかもしれないが、両者の文明成熟度を比較《ひかく》すれば、そう言う結論にしかならない。

そこに来て、召喚された彼等には被害者感情がある。

人権を至上で不可侵《ふかしん》の存在として考え、その権利を無自覚なまま享受《きょうじゅ》してきた現代人から見て、召喚という術式はいわば誘拐《ゆうかい》や拉致と同じなのだから。

特に、召喚された直後に服従を強《し》いる呪印を刻み込まれた挙句、戦場に送り込まれた経験を持つ人間から見れば、大地世界の人間との融和《ゆうわ》など反吐《へど》が出る思いの筈だ。

(まぁ、ガイエスを殺して逃走《とうそう》していなければ、俺もこの世界の人間と仲良くやろうとは思わないだろうからな)

実害を受ける前に逃げ出した亮真。

実際に被害《ひがい》に遭った人間達。

前提条件があまりにも違い過ぎるのだ。

両者の溝《みぞ》は簡単には埋《う》まらないだろう。

(勿論、組織の連中の気持ちが分からない訳ではないがね)

望まずしてやってくることになった異世界。

多くの人間が自分の人生を捻《ね》じ曲げられた事だろう。

怒《いか》りを感じて当然だし、復讐《ふくしゅう》したくなる気持ちも理解出来る。

ただ、だからと言って今の亮真に組織の理念に同調する気はない。

善人も居れば、悪人も居るのだ。

それは地球であろうと、この大地世界であろうと同じ事。

後は、その感情とどう向き合い折り合いをつけるかだけだろう。

(ローラやサーラを始め、リオネさんやボルツといった紅獅子《べにじし》の連中に伊賀崎衆……ロベルトやシグニスといった将を始め、交易を取り仕切るシモーヌもいる)

彼等の誰《だれ》が欠けても御子柴男爵《だんしゃく》家には大きな痛手だ。

いや、実利の部分だけではない。

彼等は、艱難辛苦を共にした仲間。

そんな彼等を今更切り捨てられる程、御子柴亮真という男は薄情《はくじょう》ではなかった。

(最低限でも、仲間や領民達の安全だけは確保する必要があるだろうな)

組織と手を組むのはそれが確保出来ると亮真自身が確証を持ってからの話。

そんな亮真の複雑な心境を察したのだろう。

浩一郎が徐《おもむろ》に口を開く。

「まぁ、お前の立場は分かっているつもりだ。儂もその考えには賛成だ。恨みを捨てろと言うつもりはないが、恨みに囚《とら》われる必要はないからな」

それは正直な浩一郎の気持ちだ。

「そう言って貰えて助かる……正直、今から方針を変更《へんこう》するのは厳しいからな……」

その言葉に浩一郎は深く頷《うなず》いた。

「さて……そうなると、残る問題は飛鳥の件か……」

その言葉に、浩一郎は小さく頷くと、苦虫を噛《か》み潰《つぶ》したように顔を顰《しか》める。

それは、罪悪感の表れだろう。

「すまん。ワシの所為《せい》だ」

「いや……爺さんが悪い訳じゃないだろう？　確率的な事を考えれば確かに因果関係はあるだ

ろうが、だからと言って誰かの所為って訳じゃない。もし誰かの所為だというのなら、それはこの大地世界を作った神様って奴《やつ》の所為だろうな」

そう言うと、亮真は浩一郎に対して笑《え》みを浮かべて肩を竦めて見せる。

亮真のそれは、本心。

しかし、その言葉を受けても浩一郎の顔は曇《くも》ったままだ。

「だが、お前の両親は……」

浩一郎の脳裏《のうり》には、未だに当時の光景がこびりついて離《はな》れない。

実際、忘れられる筈もないのだ。

息子《むすこ》とその嫁が暗い奈落《ならく》の底に落ちていく様と、赤子である亮真を必死の思いで浩一郎へ託《たく》したその瞬間など。

(実際、爺さんが罪悪感を抱く必要なんてないんだ……)

しかし、それを言ったところで、浩一郎が己を責める事を止める日はこない。

結局、自分自身が許せるかどうかという事なのだから。

黙《だま》り込む二人。

沈黙が部屋を支配する中、亮真は状況《じょうきょう》を整理する。

「まぁ、その話は改めてするとして……問題は光神教団に守られている飛鳥をどうするか……だな」

一番良いのは、ルピス女王との戦の前に救出する事だ。

「だが、爺さんが一目置くロドニー・マッケンナとメネア・ノールバーグ。この二人と同格かそれ以上の連中がいるとなると、少し厄介《やっかい》だろうな」

その言葉に、浩一郎は無言のまま頷く。

浩一郎からウィンザー伯爵邸《はくしゃくてい》の襲撃《しゅうげき》について聞いた亮真は、ロドニーやメネアの技量をロベルト達と同格と見ている。

(確かにロドニーって奴は爺さんの一刀で片腕《かたうで》を斬り飛ばされたらしいが、奇襲《きしゅう》で動揺していただろうからな……本来の実力が発揮できなかった可能性もある。あまり侮《あなど》らない方が良いだろう)

勿論、ロドニーやメネアが幾《いく》ら手練れとは言え、単に殺すだけならば亮真にとってそれほど苦ではない。

だが、その後に敵地から桐生飛鳥を救出するとなると、難易度はかなり変わって来る。

浩一郎が、飛鳥達の移動を監視《かんし》し機会を窺《うかが》い続けたのも、無理をすれば飛鳥自身を危険に晒《さら》すと分かっていたからだ。

豪放磊落《ごうほうらいらく》な性格である浩一郎には似つかわしくない慎重《しんちょう》さではあるが、亮真も祖父の判断に異を唱えるつもりはない。

あの快活だが心根の優しい飛鳥の性格を考えると、この大地世界においてそれなりの年数を共に過ごしたロドニー達の死を簡単には割り切れない事は目に見えている。

自分の所為で、誰かが傷付く事を飛鳥は望まない。

無理に救出を敢行すれば、精神的な衝撃を受けて二度と立ち直れなくなる可能性もあるだろう。

また、ロドニー達の庇護下にあるというのは光神教団の中で暮らす飛鳥の安全を保証する上で重要な要素だ。

彼等の庇護から飛鳥が外れた場合に起きる結末は想像に難くない。

見目麗しい平民の娘など、権力者にとっては格好の玩具でしかないのだから。

(まぁ、地獄を見る羽目になっただろう……な)

そうなると、亮真はロドニー達に肉親を保護してもらったという恩がある。

勿論、亮真はロドニー達の行動が全て善意からだとは考えてはいない。

だが、この大地世界に召喚された飛鳥を保護してくれた事実に変わりはない。

だから、亮真としてもロドニー達を始末するのは避けたいというのが本音だ。

明確な答えを聞いた訳ではないが、ウィンザー伯爵邸の襲撃に際して、浩一郎がロドニーを殺さなかった理由もその辺にあるのだろう。

(それに、王都の宿屋を襲撃するのは危険だ。となると……北部征伐のどさくさに紛れて救出するしかないだろうな)

しかし、武力を用いて救出するというのは、かなり危険な賭けになる。

勿論、不可能ではないだろうが宿屋は光神教団の騎士も多く宿泊しているし、飛鳥が街へ外出する時には必ず護衛が付いている以上、無事に救出するのはかなり難しいだろう。

だが、ロドニー達が北部征伐に参加すれば話は変わって来る。

ロドニー達が戦場に連れて来るかどうかは不明だが、仮に飛鳥が王都に滞在していた場合でも現状よりは警護のレベルが下がるだろう。

そうなれば救出の機会は増える筈だ。

(或いは、ロドニー達をこちらに引き入れる……か?)

ロドニー達が自らの手で飛鳥の身柄を亮真に渡してくれれば、全ての問題は解決する。

安心安全で確実な策だ。

それに、これなら飛鳥も罪の意識に苛まれる事がない。

とは言え、これはロドニー達の置かれている状況や彼等の目的が分からない限り、実現は難しいだろう。

(ただ、どちらを選ぶにせよ、また厳翁や咲夜達に無理を頼む事になるか……)

敵地に潜入し飛鳥を救出する場合は、忍びの技に長けた伊賀崎衆の力が欠かせない。

離間《りかん》の計を仕掛《しか》けてロドニー達をこちらに調略するにも、やはり情報戦に長けた伊賀崎衆の力が必須《ひっす》だろう。

(また、給料を上げてやらないとな)

忍びの仕事は危険だし過酷だ。

その上、大地世界の領主の多くが、そう言った汚《よご》れ仕事をする人間を見下している。

苦労が多く、見返りの少ない仕事と言えるだろう。

だが、だからこそ亮真は厳翁達を優遇《ゆうぐう》する。

ただでさえ苛酷《かこく》な仕事なのに待遇《たいぐう》が悪ければ、人は簡単に裏切るか逃《に》げ出してしまうのだから。


そんな亮真の心を察したのか、浩一郎は静かに頭を下げた。

「重荷を背負わせるが……あの子を、飛鳥の事を頼む」

それは、浩一郎にとって何よりも大切な願い。

そんな祖父の言葉に、亮真は深く頷く。

「あぁ、何とかするさ……幸い、俺《おれ》には頼《たよ》りになる連中が居るからな。ただ、爺さんにも色々と動いて貰《もら》うけど……構わないな？」

「あぁ、儂の腕《うで》が必要なら何でも言う良い。出来うる限り協力しよう」

そう言うと、浩一郎はソファーに立て掛《か》けていた愛刀を手にして笑った。

それが、自らの罪を償《つぐな》うただ一つの方法だと信じて。

両者の間に和やかな空気が漂《ただよ》う。

重荷が取れ、浩一郎の顔にも生気《プラーナ》が戻ってきた。

しばらく無言で酒を酌《く》み交《か》わす二人。

そんな中、浩一郎は最後に残った疑問を亮真にぶつけた。

「そう言えば……この世界に召喚されてお前も大分苦労したようだな……確かにこの世界に召喚される可能性を考えてお前を育てては来た。だが、まさか領主にまで成り上がっているとは思わなかったぞ」

それは、浩一郎の本心。

そんな祖父の言葉に亮真は苦笑いを浮かべる。

「まぁ、好きで領主になった訳でもないけどな……」

そう言うと、亮真は手にしていたグラスを呷る。

実際、亮真は別にこの大地世界で成り上がりたかった訳ではない。

オルトメア帝国の主席宮廷法術師だったガイエス・ウォークランドを殺したのは、自分の身を守る為。

ローラやサーラと出会ったのも偶然《ぐうぜん》だし、ローゼリア王国の内乱に首を突っ込む羽目になったのも偶然だ。

数奇な運命が、亮真を放置しなかっただけの事だろう。

「それで、この後はどうケリをつけるつもりだ？　ルピス・ローゼリアヌスはお前を殺そうとする筈。少なくとも連中がお前の命を諦めるとは考えにくいが……勝算はあるのか？」

北部征伐《せいばつ》の為に王国中からかき集められた公称力二十万という兵力を前にして、亮真が取れる選択肢《せんたくし》は少ない。

ローゼリア王国軍を完膚《かんぷ》なきまでに叩き潰すか、逆に叩き潰されるかのどちらかの道しかないのだ。

だから、亮真はハッキリと答えた。

「そんな事、今更言うまでもないだろう……その為にこっちも色々と準備をしているのだから」

「この国を亡《ほろ》ぼすと？」

「禍根《かこん》は断《た》てと教えたのは爺さんじゃないか……折角《せっかく》の機会だから最後までやるさ。まぁ、国名は残すつもりだけれどもな……」

そう言うと、亮真は酷薄《こくはく》な笑みを浮かべる。

その顔を見れば、亮真の心は自《おの》ずと察する事が出来た。

「成程な……その覚悟なら、今更儂《いまさらわし》が口を挟《はさ》む必要はないな」

そう言うと、浩一郎は机の上の酒瓶《さかびん》を手にする。

そして、グラスに並々と注がれた琥珀色《こはくいろ》の液体を一息に呷った。

最愛の孫の決意に敬意を表しながら……。

# 第四章　意思を継《つ》ぐ者

浩一郎《こういちろう》との会談を終えた夜から一週間が過ぎた。

時刻は太陽が中天を過ぎたあたりだろうか。

昼食を終えて一休みをし、午後の仕事にとりかかろうかという時分だ。

普段ならセイリオスの街に建てられた屋敷《やしき》で仕事をしている亮真《りょうま》は、ローラに連れられて、街の一角に設けられた修練場へと足を運んでいた。

そこは、漆喰《しっくい》の壁《かべ》に囲まれた土がむき出しのままの修練場
兵士達の中でもそれなりに手練れと認められた人間達が更なる腕を磨《みが》く場所だ。

とは言え、此処《ここ》はあくまでも兵士の為の場所。

ロベルトやシグニスといった高級武官達が此処を使う事は滅多《めった》にない。

当然、亮真も此処を訪れる事はあまりなかった。

強いて挙げるとすれば、閲兵式《えっぺいしき》などの式典で挨拶《あいさつ》をする時くらいのものだろうか。

その所為か、ローラに訳も分からず連れ出された亮真は、物珍《ものめずら》し気《げ》に周囲に視線を向けていた。

「何だってこんなところに？」

それは当然の問い。

確かに、北部征伐軍を迎《むか》え撃《う》つ為の方策は既に準備が出来ている。

後は敵軍を迎え撃つだけだ。

だが、亮真の仕事はそれだけではない。

日々持ち込まれる書類の山を処理《しょり》するのも領主である亮真の大事な仕事だ。

(とは言え、久しぶりに外に出て気分転換《てんかん》にはなったが……)

ミスト王国との会談から帰って以来、亮真は屋敷の執務室《しつむしつ》に閉じこもっていた。

仕事が終わらないのだから致《いた》し方《かた》ないのだが、それでも気が滅入《めい》るのは事実だろう。

だから、ローラの願いで執務室から出たこと自体に不満はない。

理由を告げないローラを不審《ふしん》に思いながらも、素直に後について来た半分くらいはそれが理由だ。

しかし、流石《さすが》に気になってくる。

だがそんな当然の疑問に、ローラは申し訳なさそうに首を横に振る。

「申し訳ありません。着けば分かりますので……」

式典の予定でもあったかを最初は考えたが、ローラの反応を見るにどうやら違《ちが》うらしい。

その時、亮真の目にとある集団が映る。

それは、修練場の一角に集まった人だかり。

(うぅん？　訓練って感じじゃないな？)

彼等は別に何かをしている訳ではない。

歓声《かんせい》や罵声《ばせい》も聞こえないから、喧嘩《けんか》をしている訳でもない様だ。

事情を知っていそうなローラに視線を向けるが、彼女《かのじょ》は無言のまま首を横に振るだけ。

どうやら、これが原因で亮真を連れ出したらしい。

「それで……なんだってこんな事になっているんだ？」

そう言いながら、亮真は周囲に視線を向けた。

そこに居るのは、思いがけない程《ほど》多くの人間達。

（あれはサーラか……その隣に居る赤毛はリオネさんだ……向こうに居るのはマイクに【紅獅子】の連中が揃って居るな……それに、厳翁《げんおう》もいる……どういうこった？）

彼等は皆《みな》、御子柴《みこしば》男爵家を支える中核《ちゅうかく》メンバーであり、端的に言えば幹部だ。

その上、普段であれば彼等の多くが兵の訓練を監督《かんとく》するか書類整理でもして貰っている時間帯の筈。

それでも、流石に何人かの顔が無いところを見ると、全員が仕事を放棄《ほうき》している訳じゃないらしい。

（とりあえず、全員が集まっている訳じゃない様だから、仕事は向こうで割《わ》り振ったのだろうが……なんだってこんなところに？）

亮真は別に、勤務時間がどうのこうのと煩《うるさ》い事を云《い》う雇用者《こようしゃ》ではない。

もしそんな事を言う人間なら、気ままな傭兵稼業《ようへいかぎょう》に慣れ親しんだリオネ達は嫌気《いやけ》をさして騎《き》士《し》の立場を投げ捨てていた事だろう。

基本的には結果重視。

普段どれ程怠《ほどなま》けていても、結果さえ出せればとやかく言うつもりはない。

勿論、過程を評価しない訳ではないが、それはあくまでも失敗した際の話。

そう言う意味から言えば、御子柴亮真という男に仕えるのはかなり楽な部類だろう。

とは言っても、流石に主君の前で大っぴらにサボられる程、亮真は彼等を甘やかしたつもりはなかった。

(もしもサボリなら、俺が来たタイミングでもう少し取り繕うだろうしな)

だが、彼等の中に、亮真の視線を受けて顔を背《そむ》けたりする人間は居ない。

いや、顔を背けるところか、逆に亮真を見つめてくる始末だ。

更に気になるのは、亮真へ向ける視線に含まれた熱の存在。

期待と好奇心《こうきしん》が交ざっている様な気がして妙《みょう》に居心地《いごこち》が悪い。

(まぁ、この感じなら、やばい話って訳じゃなさそうだが……)

だが、周囲を見回す亮真の目に、場違《ばちが》いな人間達の顔が視界に入る。

「何してるんだ？　爺さん」

祖父である御子柴浩一郎に向かって、亮真は呆《あき》れたような声で尋ねた。

だが、当の本人は亮真の問いに答えるつもりはないらしい。

孫の当然の疑問を無視して、ローラにねぎらいの言葉を掛ける。

「おう！　遅《おそ》かったな！　ローラちゃんご苦労様」

その言葉に、ローラは軽く頭を下げると、亮真の後ろに控《ひか》えた。

状況は未《いま》だに良く分からないが、今回の原因はにやけ笑いを浮かべながら腕組《うでぐ》みをしている、この不良老人にあるらしい。

亮真がチラリとローラへ視線を向ける。

だが、無言のまま首を横に振《ふ》ってきたので、詳細は浩一郎から聞けという事なのだろう。

(全く……この糞爺は……何が、ローラちゃんだ！)

その言葉と同時に亮真の脳裏に浮かんだのは、一週間前の浩一郎との夜。

あの夜、亮真は祖父の謝罪を受け入れ、飛鳥《あすか》を救出する事を誓《ちか》った。

それが自分を育てた祖父への恩返しになると思ったからだ。

(だが、当の本人がしおらしい態度を見せていたのはその晩だけだ)

翌日からは、以前にもまして好き勝手に生きている。

朝は夜明け前から寝床《ねどこ》を抜《ぬ》け出して修練三昧《ざんまい》。

朝の修練でかいた汗《あせ》は亮真が建てた屋敷の風呂場《ふろば》でゆっくりと流す訳だが、その際には当然の事の様に、たっぷり三十分は湯船《ゆぶね》に漬《つ》かっている。

朝食は八時くらいだろうか。

朝から焼き立てのパンを五個とハムやソーセージと言ったタンパク質を主体に、新鮮《しんせん》な野菜で作ったサラダを食べるバランスを配慮した健康的な物。

朝食を食べ終われば今度は鄭《てい》を相手に趣味の囲碁《いご》に興じ、午後は読書に明け暮れている。

夜は夜で、【紅獅子】のリオネやロベルト達を交えての乱痴気騒《らんちきさわ》ぎだ。

それは、日本で暮らしていたのと同じ生活習慣の再現。

勿論、その事自体は一概《いちがい》に悪い事ではない。

気落ちしているように見えた浩一郎が元気になったのだ。

むしろ喜ぶべき事と言えるだろう。

だが、それはあくまでも日本でならばと言う条件が付く。

勿論、肉親の我儘《わがまま》だ。

朝風呂《あさぶろ》くらい好きに入らせてやりたいとは思う。

だが、この大地世界《アース》にはガスで湯を沸かすという事が出来ないのだ。

必然的に、使用人の人力を用いて湯を沸かす事になる。

その労力ときたら、まさに想像を超《こ》える苦労だろう。

(俺が沸かす訳じゃないから、問題無いと言えば無いけどな……)

それでも、何処《どこ》の王侯貴族だと文句が言いたくなって当然だ。

まさに勝手気儘《かってきまま》と言うか、我《わ》が道《みち》を行くといった感じの自由さと言えるだろう。

それが、亮真の気に障《さわ》るのは確かだった。

それに加え更に気に障るのが、そんな浩一郎の我儘に周囲が喜んで従っている様に見える事。

何度か使用人達に声を掛けてみたが、満面の笑みを向けて肯定《こうてい》されてしまえば、亮真としても「ご苦労様」と労《ねぎら》う以上の事は出来なくなる。

周囲から苦情の一つでも来れば文句が言えるのにと思いつつ、今日《こんにち》まで放置してきたのも、そんな周囲が見せる浩一郎への反応が故《ゆえ》だ。

(この爺さん。妙なところでコミュニケーション能力が高いからな……)

御子柴浩一郎という男は、基本的には気さくな性格をしている。

その外見や佇《たたず》まいから、よく誤解されるが基本的に社交性は高い方だ。

どういう訳か、これほど好き勝手に振舞《ふるま》いながらも周囲から好かれているらしい。

亮真にとっては理解不能なのだが、それが目の前の現実なのは間違《まちが》いない。

だから、亮真は小さなため息をついた後、もう一度浩一郎へ声を掛ける。

「それで、どういう事なんだ？　爺さんの行動をとやかく言う気はないが、俺も忙《いそが》しいからな。用事があるなら早く言ってくれ」

それは嫌味《いやみ》と諦め交じりの言葉。

とは言え、この状況では、亮真の言葉が多少刺々《とげとげ》しくなったとしても致し方ないだろう。

だが、そんな孫からの嫌味を一々気にするほど、浩一郎という人間も初々《ういうい》しくはない。

悪びれる様子もなく、浩一郎は亮真をここに呼んだ理由を口にした。

「なぁに、そこに居るシグニス殿と今夜の酒宴《しゅえん》の代金をどちらが払《はら》うか賭けて、軽く手合わせをするのでな。お前にはその立会人を頼みたい」

その言葉に、亮真は思わず首を傾《かし》げる。

そして、亮真は探《さぐ》るような視線を浩一郎へと向けた。

(賭けの立会人だと？　成程……やけに人が集まっていると思ったがそう言う事か……毎晩よくやるぜ……だが、問題は……)

勿論、賭《か》け事《ごと》を推奨《すいしょう》するつもりはない。

だが、傭兵《ようへい》経験者が多い御子柴男爵家では、多少の息抜きとしてある程度《ていど》は自由にさせている事も確かだ。

だから酒代程度を賭け金《きん》の上限とし、刃傷沙汰《にんじょうざた》でも起こさない限りは黙認《もくにん》と言うのが、不文律として成立している。

ただ、だからと言って賭けの立会人を、主君である亮真に頼むのはかなり突飛《とっぴ》すぎると言えるだろう。

(だが、断ったら断ったで、面倒《めんどう》くさくなるだろうな……)

ローラに連れ出されて此処迄《ここまで》のこのこやって来た時点で既に勝敗は見えている。

今更《いまさら》亮真が立会人を断ったところで、浩一郎は納得しないだろう。

必ず絡《から》んでくる筈《はず》だ。

(それならさっさと終わらせた方がまだマシか……まぁ、最近は少し根を詰め過ぎていたからな)

多少は息抜きが出来ると思えば、浩一郎の我儘にもそれほど腹は立たない。

だから深いため息をついた後、亮真は立会人を受けた。

その言葉に、周囲の見物人達から歓声が上がる。

恐《おそ》らくは、外ウマに乗って賭けるつもりだろう。

それに彼等は皆、熟練した戦士だ。

それだけに、強者同士の試合には興味津々《きょうみしんしん》だった。

(ただ、なんでシグニスなんだ？　こういう話に乗るのは大抵《たいてい》、ロベルトの奴だと思うんだが……な)

普段《ふだん》と同じ愛用の鎧《よろい》を身に着け、鉄棍を握《にぎ》るシグニス。

その横には酒瓶を手にしたロベルトが相棒の肩に手を置いていた。

その見慣れない光景に、亮真は軽く首を傾げる。

だが、その疑問は周囲の熱気を帯びた空気の前では口にしにくい疑問だ。

ため息を一つつく亮真。

そんな孫の姿に笑みを浮かべつつ、浩一郎は周囲の見物人との距離《きょり》を確認《かくにん》する。

そして、観客達から十分離れると、目の前の男へと声を掛けた。

「さて……準備は良いか……？」

「ええ、私の方は何時《いつ》でも」

そう言うと、シグニスは鉄棍を構えた。

それに対して、浩一郎は愛刀の菊花《きくか》を抜く気配はない。

腰《こし》にさしたまま、棒立ちの状態だ。

両者の距離は十メートル程だろうか。

共に、もう少し間合いを詰める必要があるだろう。

立会人である亮真は、丁度中間あたりに立って二人の気が満ちるのを待つ。

（しかし、シグニスが鎧を身に着けているのに対して、爺さんは普段着《ふだんぎ》のままか……舐《な》めている訳じゃない様だが……）

鎧は身を守る防具として実に優秀《ゆうしゅう》だ。

多くの人間が戦場に赴《おもむ》く際に身に着ける。

だが、残念ながら此処は戦場ではない。

確かに、金属製の板金鎧はかなり重い為《ため》、機動力と言う点では浩一郎の方に軍配が上がるのは間違いないだろう。

とは言え、シグニスは武法術を会得《えとく》した強者。

少なくとも、圧倒的《あっとうてき》に不利となる事はないというのが、亮真の見立てだ。

（それに、得物の差もあるしな……）

何しろ、相手は【ザルツベルグ伯爵家《はくしゃくけ》の双刃《そうやいば》】と呼ばれた猛将《もうしょう》の一人。

あの愛用の鉄棍が唸《うな》りを上げる時、敵は粉々に粉砕《ふんさい》される事になる。

鉄棍の一撃《いちげき》をまともに受ければ、浩一郎の持つ菊花が如何《いか》に付与法術《ふよほうじゅつ》を施《ほどこ》された名刀といえども、圧《へ》し折れかねない。

勿論、菊花を鞘《さや》に戻して生気《プラーナ》を注ぎ込めば、時間は掛かっても復元は可能だろう。

だが、この勝負は浩一郎の負けだ。

（まぁ、爺さんなら素手《すで》で続行しかねないけれどもな……）

因《ちな》みに、これが本当の殺し合いならば、シグニスに勝機はない。

それはたとえ、浩一郎が素手であったとしても結果は変わらないだろう。

亮真は浩一郎に対して複雑な感情を抱《いだ》いているが、その程度には自らの師の力量を把握《はあく》している。

（とは言え、今回は武器を手から落とした方が負けというルールで行われる試合形式……）

相手を殺すのは元より、重傷を負わす事も禁止されている。

まぁ、たかが酒場の代金を賭けた試合で人死になどでたら、亮真としても困ってしまうから、妥当《だとう》な取り決めと言えるだろう。

（だが、二人共お遊びと言う感じではない）

凄惨《せいさん》な闘気が亮真の肌《はだ》を叩《たた》く。

その空気に、見物人達も息を呑《の》んだ。

やがて、弦《げん》を引き絞《しぼ》った弓の様に、闘気が臨界点に向かう。

「始め！」

その瞬間《しゅんかん》を見定め、亮真は手を振り下ろした。

その言葉とほぼ同時に、シグニスが動く。

シグニスは中段に構えたまま、一気に間合いを詰めた。

先手を取ったのはシグニス。

（成程、まずは速攻《そっこう》で勝負か……）

一瞬《いっしゅん》のうちに喉《のど》に存在する第五のチャクラであるヴィシュッダ・チャクラへ大量の生気が流れ込み、シグニスの体を力が満ちていくのを亮真は気配で察する。

恐らく、シグニス自身も自分と浩一郎との技量の差を肌で感じているのだろう。

長期戦は不利と判断して、速攻を選んだらしい。

そして、加速したまま鉄棍を浩一郎の顔面目掛《めが》けて全力で突《つ》き出した。

そこに殺意はない。

だが、それは殺意が無いだけで、シグニスの持つ全力ではある事に違いはないのだ。

唸りを上げて襲《おそ》い掛かる鉄棍は掠《かす》っただけでも、皮は裂け骨が砕《くだ》かれる。

ましてや、頭部ともなれば殺意のあるなしに拘《かかわ》らず浩一郎は即死《そくし》するだろう。

（何しろシグニスの鉄棍の重さは三十キロを超えるからな）

筋力トレーニングで用いられるバーベルのシャフト自体の重さは十キロ程。

それに対してシグニスの持つ鉄棍は三倍以上の重さを誇《ほこ》る。

水滸伝《すいこでん》に描《えが》かれた豪傑《ごうけつ》の一人である、花和尚魯智深《かおしょうろちしん》は、鍛冶屋《かじや》に六十二斤《きん》の錫杖《しゃくじょう》を造らせたと言うが、一斤を水滸伝の書かれた明代で用いられていた重さに直すと、六百グラム程というから、シグニスの鉄棍とほぼ同じくらいだろうか。

どちらにせよ、常人には扱《あつか》いきれない武器だ。

勿論《もちろん》、バーベルを用いてトレーニングするトレーナーにとって、四十キロ程度を持ち上げることはたやすい。

中には女性でもその倍以上の重さを持ち上げる事の出来る人間も居るくらいだ。

だが、単に持ち上げる事が出来るのと、武器として使いこなせるのとでは意味が全く異なってくる。

武器を振るう場合、問題になるのは遠心力。

これを制御《せいぎょ》するには、技量だけでは不可能なのだ。

それを可能にするには、まさに人外の領域に足を踏《ふ》み入れるだけの力が居るだろう。

この大地世界の中でも、それが出来る人間は極《きわ》めて少ない。

そして、シグニスはそんな数少ない人という存在だ。

しかし、そんな化け物に対峙《たいじ》する御子柴浩一郎《こういちろう》もまた同じ化け物。

唸りを上げて突き出されたシグニスの鉄棍を浩一郎は体を半歩後方に下げるだけで避けた。

完全にシグニスの踏み込みを見切った上での避け方だろう。

だが、シグニスは突き出した鉄棍を引き戻す事無く横に薙《な》ぎ払う。

それは、並みの筋力では不可能な芸当。

そして、そのまま次の技へと繋《つな》げていく。

薙ぎ、払い、巻き込み、打ち下ろす。

長物と呼ばれる武器が最大の威力《いりょく》を発揮する中距離《ちゅうきょり》を保ちながら、嵐《あらし》の様な連撃を繰《く》り出すシグニス。

「うぉぉぉぉぉ！」

シグニスの口から放たれる獣《けもの》の咆哮《ほうこう》。

彼の体を覆《おお》うように鉄棍が唸りを上げ、結界が形成されている。

一度《ひとたび》その結界の中に足を踏み入れればどんな人間でも、その嵐の様な連撃に全身の骨を砕かれる。

これこそ、多くの戦場を駆《か》け抜け、【ザルツベルグ伯爵家の双刃】と謳《うた》われ恐れられた男の実力だ。

試合を見守る見物人達は声を上げる事もなく、シグニスの猛攻《もうこう》に目を見張る。

彼等は歓声を上げる事もなく、息を呑んで見守る。

だがそんな中でただ一人、亮真は防戦一方の浩一郎に恐怖《きょうふ》を感じていた。

確かに、試合の趨勢《すうせい》は表面上シグニスが有利なように見える。

だが、それはあくまでも表面的な部分だけの事。

亮真は、目の前で繰り広《ひろ》げられている戦いの本質を冷徹《れいてつ》な目で見抜《みぬ》いていた。

(あのシグニスの猛攻を完全に見切ってやがる……)

二刀流で有名な宮本武蔵《みやもとむさし》は、見切りの達人でもあったと言われている。

彼は敵の振るう刀の切っ先から半寸の間合いを維持《いじ》した。

当然、敵の刃《やいば》は自分の体には触《ふ》れない。

実際にそれが出来るかどうかはさておき、論理的には実に簡単な理屈《りくつ》だ。

だが、人には恐怖心《きょうふしん》がある。

例えば高速道路の中央分離帯《ぶんりたい》に立ってスピードを出す車を見た時、人は恐怖心を感じる。

中央分離帯から動かなければ車に当たる事は無いと理解していても、足がすくむものだ。

列車でも同じ事が言えるだろう。

線路に飛び出さない限り、人が列車にひかれる可能性はまずない。

だが、それでも特急列車が駅を通過する際の風圧を感じれば、人は思わず避けようとしてしまう。

それが人の持つ恐怖心。

しかし、人は時にそんな恐怖を完全に克服《こくふく》する事が出来る。

そして、見物人達も、少しずつ違和感《いわかん》を抱き始めた。

「おい……何か変じゃないか？」

「あぁ、お前も気が付いたか……やっぱり……」

浩一郎の立ち位置は試合が始まった時から殆《ほとん》ど変わっていない。

時折、シグニスが間合いを踏み込んできた際に一歩か二歩ほど前後に動くだけだ。

それはつまり、シグニスの間合いを完全に見切っているという事に他《ほか》ならない。

(化け物爺《じじい》め……)

確かに、亮真自身も同じような事は出来る。

ただし、それは格下を相手にする場合の話。

シグニスの様な手練《てだ》れを相手にやってみろと言われても難しいだろう。

それは年齢《ねんれい》と経験の差。

単純な筋力では年齢的に亮真の方が有利だろうが、こういった熟練の技術となると圧倒的に修練の時間が足りない。

少なくとも、今はまだ無理だった。

(そろそろ決着……か?)

五分程続いた攻防《こうぼう》もそろそろ終わりを迎える時間が来たらしい。

唸りを上げる鉄棍の勢いが微《かす》かに弱まる。

流石に、四十キロ近い鉄棍を全力で振り回し続ければ、疲労《ひろう》してくるのは当然だろう。

その時、シグニスは攻撃《こうげき》のパターンを変えた。

足薙ぎを仕掛け浩一郎に躱《かわ》された瞬間、鉄棍を下から上に向けて跳《は》ね上げたのだ。

恐らくシグニスは最後の一撃に賭《か》けたのだろう。

だが次の瞬間、シグニスの手から鉄棍が弾《はじ》き飛ばされる。

浩一郎の手に、いつの間にか菊花が握られていた。

やがて、空に弾き飛ばされた鉄棍が音を立てて地面に転がる。

「それまで!」

その言葉と同時に亮真の手が天に向けられる。

その瞬間、御子柴浩一郎の勝利が確定した。

シグニスと浩一郎との手合わせが終わったその夜の事だ。

青白い月の光が差し込む屋敷の庭で、亮真は一人で物思いにふける。

太極拳《たいきょくけん》にも似た、ゆっくりとした身体運用。

だが、その見た目とは裏腹に、かなりの運動量らしい。

何時ものシャツを脱《ぬ》いで剥《む》き出しにされた上半身には、玉の様な汗が浮《う》かんでいる。

（まさか、あれほどの差があるとはなぁ……全く、あの爺は本物の化け物だぜ……）

家伝の型をなぞりながら、亮真は昼間見た光景を思い起こしていた。

確かに、勝敗自体は亮真の予想通りではあった。

勿論、シグニス・ガルベイラは御子柴男爵家でもロベルトと並ぶ猛将だ。

単純な武力と言う意味では、亮真に匹敵《ひってき》するだろう。

しかし、祖父である浩一郎の技量を知っている亮真にとって、シグニスの敗北はある意味当然だ。

それは技術の差。

この大地世界において、武術を体系づけて学ぶ人間は極めて少ない。

何故《なぜ》なら、戦乱の絶えないこの大地世界では、実戦経験を積む場が幾らでも存在しているから。

例えば、武術を車の運転に置き換《か》えて考えてみると分かり易《やす》いかもしれない。

日本で車を運転するには免許《めんきょ》が必要だ。

だから、誰《だれ》もが自動車教習所に通って学ぶ事になる。

だが、車の運転自体は別に自動車教習所に通って勉強しなくても良いのだ。

教習場での講習はあくまでも効率が良いというだけの事。

その為、講習を受けずに直接受験する制度が存在している。

ただ、基本的な知識を学ばずに受験しても結果は見えているだろう。

実際に、教習場に通わず受験した場合の合格率は五パーセント程らしい事から見ても、明らかに効率が悪い事が見て取れる。

武術もそれと同じだ。

実戦経験を豊富に積む事の出来る大地世界では、他人に技術を伝えていくという意識が低くなる。

剣《けん》の握り方や振るい方、槍《やり》の突き方などの基本を習得してしまえば、後は個々人が実践《じっせん》の中で習得した方が良いという考え方なのだろう。

実際、数を揃《そろ》えるという観点を考えると、基本だけ教えて後は自主性に任せた方が効率的ではあるのだ。

ただ、そう言った教育の仕方をすると、個々人の資質によって成長にばらつきが出る。

また、到達《とうたつ》できる地点も異なってくるだろう。

算数を習わなくとも、足し算程度であれば数の計算は出来る。

引き算も可能な人間が居るかもしれない。

だが、掛け算や割り算を誰にも教わらずに理解して使いこなすとなると、大分難易度が上がってくる筈だ。

教えられれば小学校で習うレベルの話でも、自力で悟《さと》るとなると、とんでもない労力が必要となる。

資質によっては、一生気が付く事が無いかもしれないだろう。

それを克服する為の手段が教育であり、伝統というモノの力。

そして、御子柴家には先祖伝来の武術が伝わっている。

その相伝者である浩一郎だ。

如何にシグニスに才能が有ろうとも、伝統を正しく身に着けた人間に敵《かな》う筈がないのだ。

(練り上げられた技術……か)

最初の立ち位置からほぼ動く事もなく、あのシグニスが繰り出す猛攻を避け切れる技量となると、話は大分違ってくる。

ましてや、浩一郎は武法術による身体強化を用いなかった。

それはつまり、純粋《じゅんすい》な肉体的能力のみで、武法術を用いたシグニスを圧倒《あっとう》して見せたという事。

祖父である浩一郎に比肩《ひけん》する技量だと自認《じにん》してきた亮真にとって、屈辱的《くつじょくてき》とも言える現実だった。

（ただ問題は、何であんな試合を俺に見せたのかって事だ）

試合を終えた浩一郎とシグニスの顔に笑《え》みが浮かんでいたのは確かだ。

そして、互《たが》いの技量を称《たた》え合い、ロベルトから渡《わた》された酒瓶を回し飲みしていた。

その光景だけ見れば、両者に何か遺恨《いこん》が有っての試合とは思えない。

だが流石に、宴会《えんかい》代を賭けた試合というのはかなり無理がある。

勿論、今夜も酒宴を開いているので完全な嘘《うそ》だとも言えないのだが、少なくとも浩一郎には他に狙《ねら》いがあると考える方が正しいだろう。

そもそも、ローラやサーラがそんな浩一郎を止めなかった事や、亮真に報告をしなかった事が何よりも不自然だろう。

（あの二人が、爺《じい》さんに懐柔《かいじゅう》されたとも思えない……第一、あの爺さんが無駄《むだ》な事をするとは思えないからな……）

御子柴浩一郎が、皮肉や外連《けれん》じみた演出を好む傾向《けいこう》があるのは事実だ。

だが同時に、無駄な事をしないのもまた浩一郎の性格である。

その時、亮真は屋敷の庭に植えられた木の陰《かげ》から注がれる何者かの視線を感じた。

しかし、亮真はその視線を無視して、型を進めていく。

気配の質から、誰が居るのか粗方《あらかた》の想像が出来ていたからだ。

そして、最後の一撃に全身の力を一点に集中させて拳《こぶし》を突き出した。

「フン！」

気合と共に弾丸《だんがん》の様な勢いで突き出される拳。

それは中国拳法《けんぽう》で言うところの発勁《はっけい》に近いだろうか。

丹田《たんでん》から力が螺旋《らせん》を描きながら、肩《かた》を経由して拳から飛び出していくような感覚が亮真を襲う。

その時、軽快な拍手《はくしゅ》が夜の闇《やみ》に響《ひび》き渡った
「実に見事な勁ですね……修練の度合いが窺《うかが》い知れます」

「そいつはどうも、鄭さん」

その言葉に、亮真は驚《おどろ》く事なく平然と答える。

「あまり驚かれておられませんね？」

「まぁ、なんとなく……ですがね……」

そんな亮真の態度に、闇の中から姿を現した鄭は片眉を上げた。

何時もの様に燕尾服《えんびふく》で身を固めた姿はまさに執事《しつじ》。

細身で筋肉質である鄭にはよく似合っている。

鄭の刃の様な冷徹さと相まって、実に絵になっていた。

見る者が見れば感涙《かんるい》に咽《むせ》び泣く事だろう。

（俺としてはメイドの方が、夢があっていいけどな……）

まぁ、普通《ふつう》に生きている分には男でも女でも問題はない。

だが、亮真も若い男。

男と女。どちらが良いかと問われれば女と答える程度には若い。

そう言う意味からすれば、同じ組織の人間であっても、鄭よりはヴェロニカ・コズロヴァが
メイド服を着て現れてくれた方が何倍も良かった。

だが、そんな思いを抱いていた亮真を鄭の一言が現実へと引き戻《もど》す。

「今のが、様々な武術と御子柴家の家伝の技法を混ぜ合わせたという、御子柴流活殺術です
か？」

そんな亮真の心の内を知らずに鄭は一礼して話しかける。

それは何気ない問い掛け。

だが、その問いを聞いた瞬間、亮真は顔を顰《しか》めた。

「その名前、爺さんから聞きました？」

「ええ」

鄭の言葉に、亮真は鋭《するど》い舌打ちを漏《も》らす。

御子柴流活殺術。それこそ、亮真が祖父浩一郎より伝えられた武術の総称《そうしょう》だ。

その内分けは活法である整体や薬草学と、殺法と呼ばれる刀や槍を使う武器術や徒手の技、
更《さら》には水泳や乗馬まで含《ふく》まれる総合武術。

とは言え、それはまさにただの名前でもある。

鄭が知っているからといっても、普通に考えれば亮真が気にする必要はないだろう。

少なくとも、武術に興味のない一般人《いっぱんじん》はおろか、日本の現存する武術家の多くが気にしないだろう。

いや、それどころか、流派の名前を率先《そっせん》して世に知らしめようというのが殆どの筈だ。

だが、武術と言う観点で言うと、名を告げる行為《こうい》はあまり褒《ほ》められた事ではない。

本来、武術の流派名は秘匿《ひとく》するべきだと亮真は考えている。

勿論、敵に余計な情報を与《あた》えない為の用心だ。

それはある意味、古流《こりゅう》武術を継承《けいしょう》する人間にとって当然の心構えと言えるだろう。

江戸《えど》時代、各藩《かくはん》には御留流《おとめりゅう》と呼ばれる流派があった。

それは、藩《はん》の中でのみ継承される流派で、たとえ同じ藩の人間であっても他流を学んだ人間には決して伝授される事は無かったという。

技術の伝授に、それほどまで気を配ってきたのだ。

人に自分の修得した流派や技を知られるのは、命を失う可能性を高める愚《おろ》かな行為なのだから。

(それにこの男は組織の人間……)

鄭孟徳《ていもうとく》が悪人だと言う気はない。

だが、向背定かならぬ組織の人間である事に変わりはないのだ。

不要な危険を冒《おか》すべきではないだろう。

だが、今更口封《いまさらくちふう》じの為に鄭を殺す訳にもいかない。

あくまで御子柴流活殺術の現相伝者は御子柴浩一郎。

その浩一郎が御子柴流活殺術の名を鄭に伝えたのであれば、亮真としてもその判断に口を挟む訳にはいかない。

たとえそれが、次期相伝者である事が決まっている亮真であろうとも。

「まぁ、別にいいですけどね……それを知られたところで、この世界であればどうなるものではないので……」

勿論、流派の名前を鄭に知られたところで、今直《す》ぐに何か具体的な問題が起きる訳ではないだろう。

所詮《しょせん》は御子柴家に伝わっていた武術を浩一郎が独自に改良した流派だ。

その為、御子柴流の名を知る人間は極めて限られている。

弟子《でし》を広く集めて稼業《かぎょう》にしていた訳ではないので、名前を知るのは基本的に御子柴家の人間のみ。

その上、現在の御子柴流は浩一郎が改良を加え練り直したもので、以前の原型を留《とど》めてはいない。

技の教本が伝えられてはいても、亮真が浩一郎から伝えられたものと運用方法がかなり違う。

技そのものが削除《さくじょ》されたものもあるし、技名が同じであっても改良前と改良後では全く異なっているものも多い。

そう言う意味からすれば、確かに誰も知らない流派の名だ。

今更《いまさら》、御子柴流の名前が第三者に流出したところで、大した意味はないだろう。

（だがまぁ……あまり……な）

確かに広めても問題ない情報ではある。

だが、広める必要性が皆無《かいむ》である以上、亮真としては秘匿したいというのが本音だ。

だから大地世界に召喚《しょうかん》される前も後も、亮真は御子柴流の名を周囲に隠《かく》し続けた。

リオネ達《たち》は元より、ローラやサーラと言った家族同然の人間の前でも、技の名も流派の名も口にした事は無い。

それが、武人としての当然の嗜《たしな》みだと考えていたからだろう。

それを、あまり親しくない人物の口から聞かされる事に、抵抗《ていこう》を感じるのは致し方ないだろう。

二人の間に微妙《びみょう》な空気が流れる。

鄭自身も亮真がそんな反応を見せるとは思いもしなかったのだろう。

「まぁ、良いでしょう……それで、御用件《ごようけん》をお聞きしますよ。何か話が有るのでしょう？」

これ以上黙《だま》っていても話が進まないと判断したのか、亮真はため息交じりに口を開いた。

そしてそれは、鄭にとっても渡りに船。

亮真の問いに、鄭は笑みを浮かべて答える。

「はい……是非《ぜひ》とも、御子柴亮真様と一手お手合わせを願いたく参上致しました」

そう言うと鄭は、左手で右拳を包み、静かに頭を下げた。

だがその言葉が鄭の口から放たれた瞬間、亮真の纏《まと》う空気に刃の様な鋭さが交じる。

「理由を一応お聞きしましょうか……」

穏《おだ》やかな声だ。

だが、その内に秘《ひ》めた鋼の意思に、鄭は思わず生唾《なまつば》を飲み込む。

しかし、自分よりも十歳《さい》以上は年下の青年に気圧《けお》される訳にはいかないとばかりに、声を張り上げた。

「我が組織の英雄《えいゆう》として名高い御子柴浩一郎様が、手塩にかけて育てあげた武人の実力を試《ため》してみたく思いまして……」

そして、無防備なまま立ち尽《つ》くす亮真に向かって一気に間合いを詰《つ》める。

どうやら、亮真の意思を聞くつもりはないらしい。

瞬《また》く間《ま》に両者の間の距離が縮まる。

そして、鄭は大地を力強く蹴《け》り大きく踏み込むと同時に、右の拳を亮真に向かって突き出した。

それは、ほぼ完璧《かんぺき》な奇襲《きしゅう》。

そして、武法術に因《よ》る身体強化を施していなくとも、鄭の拳は容易に人を屠《ほふ》る剛拳《ごうけん》。

だが、腹の底に響く様な震脚《しんきゃく》と共に繰り出された一撃必殺を旨《むね》とする鄭の右拳は、亮真の左掌によってそっと左から右に軌道《きどう》を逸《そ》らされた。

「いきなり、危ないですねぇ……そして、その踏み込みの強さから見るに八極拳ですか？」

だが、言葉で言うほど亮真は危険を感じてはいないのだろう。

未だに構える事もなく、棒立ちのままだ。

そんな亮真に対して、鄭は一度体勢を整える為に無言のまま距離を取る。

「この程度では余裕《よゆう》ですか……ならば！」

鄭は間合いを取った瞬間に再び大きく踏み込んだ。

それは、一種のフェイント。

詰まらない小細工だが、実戦ではこういった小細工が明暗を分けると知っているのだろう。

最初の一撃が八極拳特有の直線的な歩法であったのとは対照的に、今度は曲線的な歩法で間合いを詰める。

そして鄭は、体を軸《じく》に大きく振りかぶる様な軌道で右掌を亮真に向かって打ち下ろす。

初撃が直線的な剛拳だったのに加えて、今度の一撃は腕《うで》を振り回すようなイメージだろうか。

それはまさに手を刀として見立てた鞭《むち》の様な一撃。

それに対して、亮真は左腕《ひだりうで》を持ち上げ前腕《ぜんわん》部で受け止める。

恐らくは関節《かんせつ》技に持ち込む為に、一度《いちど》攻撃《こうげき》を受け止めようとしたのだろう。

だが、それこそが鄭の望んだ展開。

打ち込んだ右掌が当たった瞬間、鄭は右腕《みぎうで》を折りたたみ、体をぶつける様にしながら右肘《みぎひじ》を亮真に向かって突き出す。

それは当たれば即死しかねない様な一撃。

だが、その攻撃を亮真は素早《すばや》く体を開いて躱す。

もっとも、完全には躱し切れずに赤い花びらが宙を舞《ま》った。

鄭の肘《ひじ》が亮真の脇腹《わきばら》辺りの皮膚《ひふ》を浅く切り裂《さ》いたのだ。

それは流れる様な連撃。

再び距離を取る鄭を見つめながら、亮真は腹部を濡《ぬ》らす液体を指で拭《ぬぐ》い感触《かんしょく》を確かめる。

その指に付着した血の感触から、ほんのかすり傷で済んだ事を確認し、亮真は内心ほっとしていた。

(初めは、八極拳の衝捶《しょうすい》。次は劈掛掌《ひかしょう》で入って、俺《おれ》に初手を防がせ、そのまま肘を繋げてきやがった……確か裡門頂肘《りもんちょうちゅう》とかって技だったか？)

上手《うま》く避けなければ鄭の肘は無防備な亮真の脇腹に突き刺《さ》さっていた事だろう。

そうなれば肋骨《ろっこつ》が砕かれるか、腎臓《じんぞう》や肝臓《かんぞう》などの臓器が損傷していたかもしれない。

下手をすれば即死だ。

(かなりヤバかったな……ぎりぎりで気が付いてよかったぜ)

亮真が知る八極拳や劈掛掌はあくまでも浩一郎から聞きかじった程度の物。

技の名前だって正直に言ってうる覚えも良いところだ。

それでも、その聞きかじりの知識が無ければ、今の攻撃を避けるのはかなり難しかったに違いない。

「手合わせとおっしゃっていた割には、随分《ずいぶん》と危ない技を使いますね……？」

流石《さすが》に今の連続攻撃は危《あや》うかったのだろう。

そう言いながら、亮真は苦笑いを浮かべて見せる。

武法術を使って身体強化をしていなくとも、鄭孟徳の拳は凶器《きょうき》だ。

その上、鄭には連綿たる歴史によって受け継《つ》がれてきた技術がある。

（一撃一撃《いちげきいちげき》の勁の習熟度が桁違《けたちが》いだ。教練用の八極拳じゃない……誰の系統かは知らないが、拝師《はいし》した本物だ……）

元々、武術と言うのは秘匿された技術だ。

人間性や才能が重視され、単に金を支払《しはら》えば教えて貰《もら》える現在の格闘技《かくとうぎ》とは一線を画する。

勿論、武術家も霞《かすみ》を食べて生きている訳ではない。

商売となれば弟子を多く取る事が必要になる。

だが、そう言った弟子に本物を教え伝える事はないのが普通だ。

それはそうだろう。

武術とは基本的に人を殺《あや》める術。

勿論、護身や人間形成といった効能がない訳ではないが、それはあくまでも副次的なものでしかない。

だから、心ある武術家は自分の技を濫《みだ》りに教える事は無いのだ。

その代わり、一度弟子《ひとたびでし》にすると決めたら、文字通り全《すべ》てを伝えて貰える。

正式に入門し弟子と認められると家族同然の扱いを受けるし、師の家に住み込んで指導して貰ったりする事が多いのもその為。

亮真は鄭の攻撃を二度《にど》避《さ》けたが、それだけで実力を測るには十分だ。

「如何《いかが》かな？　神槍《しんそう》の系譜《けいふ》を受け継ぐ我が八極拳は」

「成程《なるほど》、李《り》書文《しょぶん》の系統ですか……道理で……」

神槍と言う言葉から、亮真は鄭の八極拳が誰の系統なのか直ぐにピンときた。

清朝末期の中国河北省滄州で生まれた李書文は、一撃必殺の狂猛な拳を持つ八極拳の達人で、六合大槍という槍術《そうじゅつ》にも通じていたから、神槍李《しんそうり》とも恐れられた。

その為、八極拳の関係者で神槍という言葉は特別な意味を持つ。

亮真が直ぐに分かったのもそれが理由だ。

「ただ、二撃目は劈掛掌を交ぜていますけどね」

その言葉に鄭はニヤリと唇《くちびる》を吊《つ》り上げて嗤《わら》う。

「ご存《ぞん》じでしたか。日本で劈掛掌はあまり有名ではないと思いますが……成程……お若いのに中々に博識ですね。浩一郎様のお孫様だけの事はある……」

「まぁ、以前インターネットで知った程度の知識ですがね」

中国武術と言うのは、膨大《ぼうだい》な数を誇る学問。

その全てを習得する事はもとより、知識として覚えるだけでもかなり大変だ。

遠距離《えんきより》からの攻撃が得意な劈掛掌で間合いを詰めつつ、接近単打で止めを刺すという戦法が、王道と呼ばれる組み合わせで広く知られていたからこそ、避けられたと言っていいだろう。

しかし、そんな亮真の言葉に鄭は首を横に振《ふ》った。

「ご謙遜《けんそん》も過ぎれば嫌味ですな……私の劈掛掌も八極拳も、多少聞きかじった程度で防がれる程《ほど》、鈍《なまく》らではありませんよ」

王道の戦術と言うのは、成功率が高いからこそ多くの人間が採用するのだ。

ましてや、鄭は亮真から見ても恐るべき功を積んだ達人。

そんな鄭の攻撃を薄皮《うすかわ》一枚切《き》り裂かれた程度で躱しただけでも、亮真の力量は言うまでもないだろう。

そして、鄭は三度目の攻撃を仕掛《しか》けるべく構える。

それに対して、亮真は相変わらず構える様子を見せない。

亮真と鄭の視線が絡み合い火花を散らす。

鄭が再び間合いを少しずつ詰めてくる。

(さて……どうするか)

鄭の構えは右手と右足を前にだし、正中線を隠すように構える八極拳で最もオーソドックスな構え。

(恐らくは、中段への衝捶から何かを狙っているのだろうな……)

基本の中にこそ奥義《おうぎ》は存在する。

李書文もその圧倒的な鍛錬《たんれん》によって、一撃必殺を体現したとされる武術家。

その薫陶《くんとう》を受け継ぐ鄭もまた、一撃必殺を可能とする達人だろう。

だが、だからと言って単調な一撃を馬鹿正直《ばかしょうじき》に出してくるとは限らない。

(殺すだけなら楽なんだが……)

敵か味方か分からないというのは亮真にとって実にやりにくい。

敵ならば殺せばいいし、味方なら加減すればいい。

どちらかはっきりしていれば、対応は楽だ。

だが、敵なのか味方なのかハッキリしないのは、一番質が悪い。

特に、浩一郎と親しい関係を持つ鄭の様な立場の人間の場合は判断が難しい。

その上、鄭は武法術による身体強化を使ってはいない。

そう言う意味からすれば、今はまだ手合わせの範疇《はんちゅう》と言う言い訳も十分に成り立つだろう。

(悪い冗談《じょうだん》だがな……)

だが敵味方のどちらにせよ、鄭の戦意が折れない以上、自衛と言う意味でも応戦しない訳にはいかない。

となれば、方法は一つ。

(仕方ない……)

亮真は一《いち》か八《ばち》かの覚悟《かくご》を決めた。

だがその瞬間、徐々《じょじょ》に間合いを詰めていた鄭が突然《とつぜん》構えを変える。

構えを解き大きく足を前に踏み出す。

大地に打ち付けられる震脚。

そして次の瞬間、引き絞られた弓から矢が放たれるかのように、鄭の体が一直線に間合いを詰める。

同時に繰り出される鄭の右拳。

突き出された右拳が鄭の体ごと亮真に襲い掛《か》かる。

(やはり活歩!)

それはまるで、氷の上を滑《すべ》り込む様な歩法。

遠距離から大きく踏み込みその勢いを利用して一気に間合いを詰めてくる独特な歩法に、普通ならば意表を突かれてしまうだろう。

それにこの活歩は単に間合いを詰めるだけの移動手段ではない。

その本質は、拳に体重を乗せる事。

いわば拳を使った体当たりに近い。

その為、腕などで防ごうとするのは危険だ。

右拳を下手に腕などで防いだ場合、鄭は先ほどの肘打ちと同じ様に、腕を折りたたみながら更に前へと踏み込んでくる。

その後に来るのは背中や肩を用いた靠撃《こうげき》と呼ばれる体当たり。

突進《とっしん》の勢いを利用した体当たりをまともに食《く》らえば、いかに亮真の体が巨漢《きょかん》といっても弾《はじ》き飛ばされてしまう。

だが、亮真は鄭の目論見《もくろみ》を見抜いていた。

本能のレベルにまで刻み込まれた御子柴流の技法によって、亮真は鄭の拳をすり抜《ぬ》ける様に躱す。

勿論、単に避けた訳ではない。

鄭の体の側面に回り込みながら、亮真は突き出される拳を下から掬《すく》い上げる様に鄭の顎《あご》を狙って一撃を加えた。

そして、その勢いを利用しつつ、予想外のカウンターを受けて意識を朦朧《もうろう》とさせた鄭の顎を手で固定しながら足を払《はら》う。

鄭の体が宙を舞う。

そして、一瞬の無重力状態の後、亮真の腕力《わんりょく》によって加速された鄭の頭部が地面へと打ち付けられた。

その衝撃《しょうげき》に、鄭の口からうめき声が零《こぼ》れた。

だが、亮真はそこで追撃《ついげき》を止めない。

残心よりも確実な方法を選ぶ。

「地面に石が転がってなくて運が良かったな。鄭さん」

朦朧とする意識の中そんな言葉を聞くのと同時に、鄭の視界は闇に閉ざされる。

鄭の意識が失われた事を確認《かくにん》し、膝《ひざ》で鄭の首の頸動脈《けいどうみゃく》を締《し》め上げていた亮真がゆっくりと立ち上がる。

そして、大地に倒《たお》れ伏《ふ》す鄭を見下ろしながら、亮真は闇に向かって話しかける。

「それで……何時《いつ》まで見ているつもりだい？　コズロヴァさん」

勿論、闇の中に隠れて様子を窺っていたもう一人の人物に向かってだ。

鄭の首を押《お》さえるのに膝を使ったのは、この第三者の存在を察知していればこその対応だったのだろう。

「失礼しました……お気付きでしたか……」

その言葉と同時に、銀色の髪《かみ》を月明かりに反射させ、一人の女が亮真の前に姿を見せる。

匂《にお》い立つ色香《いろか》を放ちながら現れた妙齢《みょうれい》の女性に、亮真は苦笑いを浮かべる。

「まぁ、何となくですが……ね」

その言葉にヴェロニカは首を傾《かし》げた。

「何となく……ですか？」

実際のところ、亮真が闇の中に人の気配を感じたのは事実だ。

だが、その気配が誰の物か迄《まで》は、流石に判別が難しい。

(だがまぁ、流れから見ればこうなるよな……)

だから亮真はヴェロニカの問いに肩を竦《すく》めて見せた。

「どうせ、うちの爺さんが焚《た》き付けたんでしょうからね……鄭さんを……」

その言葉に、ヴェロニカは無言のまま笑みを浮かべる。

それだけで、亮真はおおよその予想がついてしまった。

鄭とヴェロニカは組織の人間だ。

だが、浩一郎と共に亮真の下に来て以来、二人は何の動きも見せてはいない。

亮真に対して表立って敵意を見せる事もなかった。

屋敷《やしき》ですれ違《ちが》った際も、鄭は亮真に対して礼儀《れいぎ》を弁《わきま》えた対応をしている。

ただ、鄭の目の中に、時折反感や嫉妬《しっと》の様な光が浮かんでいるのを、亮真は感じていた。

そこに来て今夜の鄭の行動だ。

普通なら、鄭の個人的な恨みや嫉妬からの凶行だと考えるだろう。

だが、亮真は鄭が恨みや嫉妬で襲い掛かったとは考えていない。

（李氏八極拳には、李書文が得意にしていた猛虎硬爬山をはじめとした秘伝が伝えられている筈だ……）

それ以外にも、八大招式と呼ばれる切り札が八極拳には存在している。

そしてそのどれもが、正しく打ち込めば人を簡単に殺める事の出来る危険な技だ。

（だが、この人はそれらの技を使おうとはしなかった……）

本気で亮真を殺したいのであれば、それらの技を使わない筈がないだろう。

（それに李氏八極拳の正式な門人なら槍にも精通している筈……）

武器の携帯に制約のない大地世界で、人を殺すのに素手にこだわる理由は少ない。

（ただし、鄭さんには明確な闘志があった。それは、この足跡を見れば分かる）

石畳の上にくっきりと刻み込まれた震脚の跡から鄭の本気が窺い知れるだろう。

その事実から、手加減していなかったのは明らかだ。

最悪の場合、亮真が死んでしまっても構わないとは考えていた筈だ。
(とは言え、鄭さんから殺意を感じなかったのは間違いない)
鄭の闘志は本物。
だが、殺意はない。
言うなればスポーツの試合に近いだろうか。
ボクサーは相手選手と本気で殴り合う。
そこに手加減など存在しない。
だが、だからと言って別に相手を殺そうとしている訳ではないのだ。
しかし、不幸な事故は存在する。
それと同じだ。
そして、その事実から導き出される可能性は一つだけ。
「俺の腕を試した……そう言う事でしょう？　理由はいま一つ分かりませんが……ね」
それが、亮真の導き出した答えだ。
そして、亮真の問いにヴェロニカが小さく頷いて見せる。
「ええ、浩一郎様からは孫の手助けをして欲しいと言われました」
その言葉を聞き亮真は思わず苦笑いする。
ヴェロニカの言葉から、浩一郎の行動が理解出来たのだ。
(成程……ね……昼間の一件はそう言う事か……)

昼間、浩一郎が修練場に大勢を集めてシグニスと賭け試合を行ったのは、自分の力量を見せつける為だ。

確かに、ルピス女王の北部征伐軍が目前に迫っている今、力量の分からない仲間の参入は決して好ましい事ではない。

だが、だからと言って今までの様にどっちつかずの曖昧な態度のままでは、浩一郎達三人の立場は不安定なままだし、周囲に不要な波風を立ててしまうだろう。

その解消法が、昼間の勝負だったという訳だ。

(何の事は無い……俺が昔やったのと同じ事だ……)

亮真は先の内乱時に傭兵達の信望を得る為、彼等の目の前で【黒蜘蛛】と謳われた殺し屋を潰して見せた。

浩一郎とシグニスの賭け試合も本質的には同じ事だろう。

(そして、鄭さんが今夜襲い掛かってきたのは、俺の腕前を試す為……爺さんの話だと、二人は組織の中でもかなり地位が高いって話だからな……)

鄭の立場にしてみれば、如何に浩一郎の頼みでも簡単に決断は出来ない。

だからこそ、亮真に挑んだのだろう。

一人の武人として拳を交わす事で、何かを感じ取る為に。

「それで、合格ですかね？」

「ええ、鄭も納得したと思います」

そう言うとヴェロニカは、笑みを浮かべながら亮真の問いに深く頷いて見せた。

「此処《ここ》は……」

うめき声を上げた鄭の瞳《ひとみ》に豪奢《ごうしゃ》なベッドの天蓋《てんがい》が映る。

そして、体を起こそうとする鄭。

だが女の声がそんな鄭の動きを制止する。

「無理しないで寝《ね》ていなさいな……」

「ニーカか……」

女の声に従い体をベッドの上に起こそうとするのを止め、鄭は顔だけ声のした方向へと向ける。

そして、声の主の姿を確認すると、再びベッドに体を預けた。

そんな鄭に対して、ヴェロニカは椅子《いす》に腰掛《こしか》けながら読んでいた本を閉じると、テーブルの上に置いた。

そして、笑みを浮かべて鄭に話しかける。

「まさか、あれほどとはね……貴方《あなた》も決して悪くはなかったけれど……あの御子柴亮真と言う男はまさに怪物《かいぶつ》だわ」

その言葉は喜びと驚きに満ちていた。

そんなヴェロニカに対して、鄭は口を噤《つぐ》んだままベッドの天蓋を見上げ続ける。

だが、ヴェロニカの言葉を否定するつもりはない。

実際、その言葉は鄭の胸中を正確に言い当てているのだから。

傍目《はため》から見れば鄭と亮真の戦いは決して一方的なものではなかった。

終始攻撃を繰り出していた鄭を優勢と見る事も出来るだろう。

しかし、その本質は違う。

(手も足も出なかったというのが事実だろうな……)

確かにあの場は生死を賭けた勝負ではなかった。

そう言う意味では、鄭が全力を出し切れたとは言えない。

もし鄭が本当に亮真を殺そうと考えたら、愛用の六合大槍を持ち出しただろう。

だが、それは亮真に対しても同じ事が言える。

(もしあの男が本気だったら……脳震盪《のうしんとう》くらいでは済まなかっただろう)

それは、鄭が声を掛ける前に亮真が見せた拳。

日本の古武術の流れをくむ御子柴流には、中国武術の要素も取り入れられている。

その中には勁に対しての考え方も含まれていた。

そしてそれは到底猿真似《とうていさるまね》とは言えないレベル。

八極拳の達人である鄭から見ても、その拳に秘められた勁の力強さには目を見張るものが有った。

それを人体に打ち込めば、人ひとりを殺める事など容易《たやす》い事だ。

（だが、あの男はその拳を使おうとはしなかった……）

その事だけでも、亮真が鄭を殺すつもりがなかった事が見て取れる。

「浩一郎様が育て上げただけの事はある……か」

鄭が亮真に対して複雑な感情を抱《いだ》いていたのは事実だ。

鄭は本来、組織の長老である劉大人《りゅうターレン》に執事として仕えながら、次期長老の一人として教育を受ける身だ。

そしてそれと同時に、劉大人は鄭の師でもある。

そんな敬愛する劉大人から、かつて死んだと思われていた御子柴浩一郎と言う男の名は幾度《いくど》も耳にしていた。

その度《たび》に、鄭が御子柴浩一郎に対して憧《あこが》れを抱くのは当然だろう。

そしてその憧れは、この大地世界へ再び召喚された浩一郎が、劉大人の下に現れた際に尊敬や敬愛へと変化している。

（勿論《もちろん》、劉大人には大恩がある……だがそれでも、武人として御子柴浩一郎様には……）

それが鄭の偽《いつわ》らざる本心。

だから、劉大人より浩一郎の補佐《ほさ》として共に旅をするようにと命じられた際にも、二つ返事で引き受けたくらいだ。

それ以来、桐生飛鳥《きりゅうあすか》を見守りながら鄭と浩一郎は共に旅をし、それなりに長い時間を過ごしてきた。

結果、鄭と浩一郎は主従関係を通じて、ある意味では世代を超《こ》えた友人とも言うべき関係を築き始めている。

だから、そんな浩一郎の愛弟子《まなでし》とも言える亮真の存在を知った時、鄭の心に生まれたのは嫉妬の様な物だった。

そして、その気持ちは少しずつだが確実に大きくなっていったのだ。

それは端的《たんてき》に言えば、優《すぐ》れた武人を師に持つ事が出来た人間への妬《ねた》みと言うのが最も正しい表現だろう。

劉大人と言う師を持つ鄭は、師の大切さを身に染《し》みて知っている。

劉大人に弟子入りしたい人間は組織に幾《いく》らでもいるが、実際に弟子として迎《むか》え入れられたのは鄭ただ一人なのだ。

それだけ、武術を習うというのは難しいし、良い師に巡《めぐ》り合うのはもっと難しい。

だから、劉大人が自ら以上の腕前《うでまえ》と評する御子柴浩一郎の薫陶を受けた亮真に対して、羨《うらや》ましく感じるなという方が無理な要求だろう。

勿論、鄭は浩一郎と共に御子柴亮真の下に身を寄せてから、その自分の気持ちを必死で押し隠してきた。

だが、人の心は理屈《りくつ》ではない。

気にするべきではないと思えば思うほど、鄭の心は乱れていった。

それに、鄭には組織の幹部としての立場もある。

幾ら今の組織の基礎《きそ》を固めた英雄の一人とは言え、その孫が組織と敵対しようとしているのを見逃《みのが》す事は出来ないだろう。

個人的な感情と、組織の人間としての義務の狭間《はざま》で、鄭は自らが今後どのように動くべきなのか思《おも》い悩《なや》んでいた。

だからこそ、浩一郎が亮真の腕試《うでため》しを提案した時、鄭は直ぐに引き受けたのだ。

(恐《おそ》らく、浩一郎様も気が付かれていたのだろうな……)

今夜、鄭孟徳は御子柴亮真という男の技量を知った。

そして、戦いを通じて亮真が描《えが》く未来を見てみたいと本気で感じた。

(御子柴亮真……あの男こそ、浩一郎様の意志を継ぐ者。だからあいつに協力する事が、組織の為にもなる筈だ……)

そんな鄭の気持ちを察したのだろう。

ヴェロニカは無言のまま椅子から立ち上がる。

そして、ベッドに横たわる鄭の額に口づけをした。

「何の真似《まね》だ?」

「可哀《かわい》そうな坊《ぼう》やを慰《なぐさ》めてあげようと思って……まぁ、ゆっくり結論を出すと良いと思うわ……私はあなたがどんな結論を出すか予想がついているけれどもね……」

訝《いぶか》し気《げ》な表情を浮かべる鄭にヴェロニカは悪戯《いたずら》っ子の様な笑みを浮かべる。

そして、鄭の反応を確かめる事もなく、ヴェロニカは静かに部屋を後にする。

愛する男の心の整理がつく事を願いながら。
そして、来るべき大戦に向けて、自らも動く事を心に誓《ちか》いながら。

# エピローグ

王都ピレウスの郊外《こうがい》に広がる平野。

そこには、無数の人馬が駐留《ちゆうりゆう》していた。

馬の嘶《いなな》きと飼葉《かいば》として集められた草の香《かお》りが風に乗って拡散される。

乱立する軍旗が風にはためく。

整然と並んだ天幕の中では、兵士達が来るべき開戦に向けて、自分の武器の手入れに勤《いそ》しんでいる。

戦場では命を預ける相棒なのだ。

彼等《かれら》の表情は皆《みな》一様に真剣《しんけん》だ。

街道《かいどう》には兵士や、伝令が足早に行き交《か》う。

そんな中、一組の男女が王都ピレウスの城門を潜《くぐ》り、郊外に駐留している光神教団の陣《じん》に向かってゆっくりと馬を歩かせていた。

折角《せつかく》馬に乗っているのだ。

正直に言えばもう少し速度を上げたいところだろう。

しかし、二人は馬を常足程度《なみあしていど》の速度に抑《おさ》えている。

何しろ、街道を行き交う人の数が多すぎるのだ。

下手に速度を出せば、通行人を引っ掛けてしまうだろう。

確かに街道自体は、ローゼリア王国の首都である王都ピレウスにつながる道として相応《ふさわ》しい立派な物だ。

王都圏《けん》の大動脈としてそれなりに時間と手間をかけて整備した結果、石畳《いしだたみ》で舗装《ほそう》されており、道幅《みちはば》もかなり広い。

大型の馬車でも、数台なら横に広がって進む事が出来るだろう。

歩行者の通行を考慮《こうりょ》して、かなり広めに作られている証だ。

普段《ふだん》であれば、余裕で馬を駆《か》る事も出来る。

だが、残念な事に今は普段とはあまりにも違っていた。

軍関係は元より、王都近郊《きんこう》に暮らす住民達や、交易品を満載《まんさい》した商人の馬車などが引きも切らずに往来している。

「しかし……これが全部、北部征伐《せいばつ》の為に集められた軍なの？　御子柴男爵《みこしばだんしやく》って貴族達に相当に恨《うら》まれているのね……」

女は目の前に広がる光景にため息をつく。

これが、一地方領主の征伐に向けられる軍と聞かされれば、呆《あき》れて当然だろう。

正直に言ってあまりにも過剰《かじよう》な戦力なのだから。

すると、その言葉を聞きつけた男が口を開く。

「何でも、御子柴男爵っていうのは貴族院を襲撃《しゅうげき》した大罪人って話だからな。俺の聞いた話じゃその襲撃で多くの貴族が殺されたらしいぞ……この国は建国してからかなりの歴史を持っている所為《せい》で、貴族の多くが血縁《けつえん》関係を結んでいるらしいから、連中にしてみれば身内の敵討《かたきう》ちってところなのだろうな」

「成程、親族の復讐《ふくしゅう》に燃えているって事……ね。まぁ、貴族階級の人間にしてみれば、血の制裁は当然と言えるけれど……」

そう呟《つぶや》くと、女は静かに遠い地平線のかなたに浮《う》かぶ雲を見つめる。

（総兵力二十万と言うのもあながち誇張《こちょう》とは言えないわね……いいえ、場合によってはそれ以上かも……）

確かにこの場に駐屯《ちゅうとん》する軍はそこまでの規模ではない。

精々、全軍の半分と言ったところだろうか。

彼等の多くは王都より遠く離《はな》れた王国南部に領地を持つ領主達の軍。

王都近郊に領地を持つ貴族達の多くは、北部征伐が正式に発動してから直接戦場へ向かう事になる。

だが、それでも目の前に広がる光景は圧巻の一言。

まさに、ローゼリア王国の総力を挙げた戦と言えるだろう。

（勿論、平民を最大限に徴兵《ちょうへい》した結果……ね）

女の心に、微《かす》かな痛みが走った。

祖国を守るという大義名分。

だからこそ、女の目に映る兵士達の士気は高い。

(だけど……それじゃ本当に正しいの？)

女の名は、メネア・ノールバーグ。

光神教団の聖堂騎士団《せいどうきしだん》に所属する騎士《きし》の一人だ。

メネアにしてみれば、正直に言えば複雑な心境だろう。

何しろ彼女《かのじょ》自身、故郷《こきょう》であるタルージャ王国を追放され、心に復讐の刃《やいば》を秘めた人間なのだから。

肉親を奪《うば》われた人間の気持ちは理解出来る。

(でも、これが正義なの？)

何が正しいかは正直に言ってメネアにも分からない。

メネアは貴族階級出身ではあるが、今は俗世《ぞくせ》を離れた身。

故郷を離れ、光神教団の任務で大陸各地に派遣《はけん》されてきた。

だから、貴族階級の平民に対しての差別や蔑視《べっし》を両方の立場で見聞きしてきている。

そう、貴族の馬車の前に飛びだしてしまった子供を無残に轢《ひ》き殺して平然としている貴族を見たし、妻や娘《むすめ》を戯《たわむ》れに犯《おか》されて心を病《や》んだ男を見たこともある。

そんな被害者達《ひがいしゃたち》が、貴族に敵《かな》わないと知りつつも、粗末《そまつ》な武器を片手に襲《おそ》い掛かる光景も見てきたのだ。

法律や道徳的な善悪はさておき、その心は理解出来る。

だが、目の前の光景から伝わるのは正義ではない。

唯一《ゆいいつ》分かるのは、御子柴亮真《りょうま》と言う男に対して向けられた敵意と憎悪《ぞうお》の強さだけだ。

そして、そんな戦に自らも参加することになった事に無常さを感じた。

（いえ……それだけじゃない……）

王都の宿屋で待機している妹分の顔が脳裏《のうり》に浮かんだ。

そんなメネアに、男は声を掛ける。

「なんだ……どうかしたのか？」

幼馴染《おさななじみ》であり、聖堂騎士団の上役でもあるロドニー・マッケンナの問いに、メネアは静かに首を横に振った。

しかし、そんなメネアの態度に、ロドニーは心配そうな視線を向ける。

「飛鳥《あすか》の事が気になるのか？」

その言葉に、メネアの顔が曇《くも》った。

実際、ロドニーの問いはメネアの不安を的確に言い当てている。

（あの子を巻き込みたくない……でも……）

桐生《きりゅう》飛鳥はロドニーが保護している異世界から召喚された少女の名だ。

数奇《すうき》な運命に導かれるかのようにロドニーは飛鳥と出会い、彼女を保護するようになった。

それは別に善意の行動ではない。

確かに当初は善意だったのは確かだろう。

ロドニー・マッケンナは善い男なのだ。

しかし、桐生飛鳥と言う少女が持っていた桜花《おうか》と呼ばれる一本の刀が状況《じょうきょう》を変えた。

共に召喚されたという親族から預けられた桜花が、法剣《ほうけん》と呼ばれる付与法術《ふよほうじゅつ》が施《ほどこ》された物だと分かったからだ。

法術とは、大地世界《アース》に存在する超常《ちょうじょう》の技法。

そして、この力は異世界である地球には存在しない。

確かに似た様な概念《がいねん》は存在しているが、それはあくまでも物語の中の話でしかないのだ。

当然、特殊《とくしゅ》な文様を施して様々な力を操《あやつ》る付与法術が施された武器を、召喚された直後である筈の異世界人が持っている筈がないのだ。

(だが、その有り得ない事が起きた……)

幾ら有り得ないとメネアが否定したところで、飛鳥が手にしている桜花の存在が消えて無くなる訳ではないのだ。

何しろ飛鳥は、南部諸王国の一角であるベルゼビア王国にある森の中で、三つ目虎《サードアイ》と呼ばれる怪物を一刀の下に切り伏《ふ》せている。

武法術に因る身体強化を習得した手練《てだ》れの戦士であっても難しい離れ業《わざ》を、十代半ばほどの小娘《こむすめ》がやってのけたのだ。

とは言え、飛鳥自身はその時の状況をあまり覚えてはいないらしい。

斬《き》った感触や血の臭《にお》いを覚えてはいるが、何処《どこ》か夢の様な感じだったとメネアには話している。

ただ、ロドニーやメネアが飛鳥を保護した際に、近くで腹部を真一文字に切り裂かれた死体を見ている以上、事の真偽《しんぎ》は今更言うまでもないだろう。

（でも、そんな離れ業をごく普《ふ》通《つう》の少女だった飛鳥に出来る筈がないわ……少なくても本人の実力だけでは無理……）

桐生飛鳥は決して素人《しろうと》ではないのだが、ロドニーやメネアの様に歴戦の戦士という訳ではないのだ。

精々が、護身として幾つかの武術を身に着けている程度。

身体能力は悪くはないし、ロドニーやメネアの見立てでは才能にも恵《めぐ》まれてはいるが、圧倒《あっとう》的《てき》に実戦経験に欠けていた。

とても、戦士とは言えないだろう。

だが、そんな素人同然の少女が三つ目虎を倒してのけた。

それも、メネアですら再現できるか自信が持てない程、見事な一撃《いちげき》で。

（普通に考えれば、桜花の刀身に刻まれた付与法術の力が発動したと見るべきでしょうね）

そして、有り得ない事が起きた原因を突《つ》き詰めていったときたどり着いた答えが、組織の存在。

その事に気が付いたロドニーは飛鳥を保護という名目で監視《かんし》下に置いた。

長年西方大陸の闇《やみ》に暗躍《あんやく》している組織と呼ばれる謎《なぞ》の集団を追い求めているロドニーにとってみれば、絶好の巡り合わせだったからだ。

勿論、飛鳥に桜花を預けた御子柴浩一郎《こういちろう》という人物が組織と関係している確証は何もなかった。

確かに召喚直後にも拘《かかわ》らず、ベルゼビア王国の次席 宮廷法術師《きゅうていほうじゅつし》であるミーシャ・フォンティーヌを屠った手腕《しゅわん》と言い、付与法術が施された桜花という刀を所持していた事と言い、飛鳥から聞いた御子柴浩一郎と言う人物の所業はあまりにも胡散臭《うさんくさ》い。

組織の関与《かんよ》を疑われるのもまた、致《いた》し方《かた》のない事と言えるだろう。

飛鳥本人にはまだ、御子柴浩一郎という男が組織に関与しているかもしれないというロドニー達の予想を伝えてはいない。

あくまでも、ロドニーとメネアが様々な状況を勘案《かんあん》してそう考えているというだけの事でしかないのだ。

これがもし光神教団の上層部に、飛鳥が組織の関係者の身内などと言う情報の伝わり方をしてしまった場合、実に不味《まず》い事になるのは目に見えている。

何しろ、光神教団は公式な見解としては組織の存在を否定してきた。

光神メネオースの代理人として、西方大陸全土に平和と安定をもたらす事を至上の命題として考えている教団にとって、自分達に匹敵《ひってき》するかもしれない存在を認めるというのはかなり難しい事なのだ。

だが、上層部に属する多くの人間が、非公式ではあるものの組織の存在を認めている。

何しろ、実戦部隊の中には、所属不明の部隊と交戦した経験を持つ者が何人も存在しているのだ。

しかも、報告を受けた教団がその部隊を調査しても、行方《ゆくえ》も所属も全くの不明。

本来なら、たとえ国家が隠匿《いんとく》する秘密部隊の情報であっても調べる事の出来る光神教団の諜報《ちょうほう》力をもってしても皆目《かいもく》見当がつかないのだ。

そして、そのこと自体が組織という集団の存在を如実《にょじつ》に表していると言っていい。

だから、その謎の集団に関する手掛《てが》かりとなるかもしれない飛鳥の存在を教団上層部が知れば碌《ろく》な結果にはならない。

(ただでさえ、あの子は難しい立場にいるのに……)

桐生飛鳥は美しい少女だ。

だが、今回の様な場合、その美しさが仇《あだ》になる。

今現状も、飛鳥に言い寄る輩《やから》は多いのだ。

幸い、ロドニー達《たち》の庇護《ひご》下にある為、直接的な行動に出る様な輩は居ないが、何かのはずみで箍《たが》が外れる可能性はある。

人は自らを正義と確信すると、どんな残虐《ざんぎゃく》な事でもしてのける。

特にその傾向《けいこう》は、光神教団を守る任務を帯びた聖堂騎士団の人間に多い。

実戦を経験したという事実が、彼等の心を獣《けもの》に変え易《やす》くするのだろう。

だから、敵の情報を知っているかもしれない人間に、彼等は容赦《ようしゃ》をしない。

いや、実際に持っているかどうかはこの際関係ないのだ。

持っている可能性があるというだけで、彼等にしてみれば有罪も同じ。

そうなればもう、御子柴浩一郎が本当に組織に関係のある人間かどうかなど問題ではなくなってしまうだろう。

それは、飛鳥に対して親愛の情を抱き始めているロドニーやメネアにとって、到底《とうてい》看過出来ない結末だ。

(それに今は……御子柴男爵の事も問題だわ……)

その思いがメネアの心を苛《さいな》む。

(御子柴亮真《りょうま》。突如《とつじょ》ローゼリア王国に現れた救国の英雄《えいゆう》であり、ザルーダ王国に侵攻《しんこう》したオルトメア帝国《ていこく》の暴虐《ぼうぎゃく》をエレナ・シュタイナーと共に防いだ立役者の一人。そして、今は大逆罪を犯した反逆者……)

この業績の全てがここ数年の間に積み上げられた武勲《ぶくん》なのだから。

これだけを聞けばどこの御伽噺《おとぎばなし》だと思うだろう。

だから、飛鳥が御子柴亮真と言う名前をこの大地世界で初めて耳にした時は驚《おどろ》きを隠《かく》せない様子だった。

普通なら、肉親の思わぬ再会の可能性に胸を躍《おど》らせるだけで済むだろうが、その相手が神話の英雄にも匹敵する業績を上げた人物と同じとなると話は大きく変わってくる。

（でも、同じ御子柴と言う姓《せい》を持つ人間となると……）

御子柴と言う姓が地球において一般的《いっぱんてき》な姓なのかをメネアは知らない。

確かにメネアは母親が召喚《しょうかん》された日本人であったため、色々な情報を母親から聞いてはいるが、流石によく使われる姓の情報までは聞いている筈もなかった。

だが、御子柴浩一郎と御子柴亮真という男には接点があると考えるのが普通だろう。

飛鳥も初めは半信半疑だったようだが、伝え聞いた風体《ふうてい》から見て御子柴浩一郎の孫だと言っている。

だが、そうなった時、御子柴亮真の立ち位置が難しくなるだろう。

組織と関係している可能性があるというだけでしかない御子柴浩一郎と、その孫と思われる御子柴亮真。

しかも、どの情報も確固たる証拠《しょうこ》がないのだ。

（組織に関係しているのか、そうではないのか……）

その疑問は何の判断材料もない今の状況では仮定すらも組み立てる事の出来ない問い。

いや、逆に仮定が多すぎて、どんな結論でも導き出せてしまう。

だからこそ、メネアは悩んでいる。

（不安要素を消すという意味から、排除《はいじょ》を考えるのも一つの手ではあるけれど……）

だが、その選択《せんたく》が逆に虎の尾《お》を踏《ふ》む行為《こうい》になるかもしれない。

かといって、放置してよいのかといえばそれも問題だろう。

メネアの横顔を心配そうに見つめるロドニーも同じ考えだ。

いや、教団上層部もまた同じ様に考えているのだろう。

(だからこそ、ローランド枢機卿《すうききよう》は教皇聖下より見極《みきわ》めを命じられた……)

ローランド枢機卿の護衛として、旅をしてきたメネア達の使命は二つある。

一つ目は、各地の巡察《じゆんさつ》。

光神教団の威光《いこう》を確かめ、信徒の心を安寧《あんねい》に導く為の旅だ。

だが、その真の狙《ねら》いは若き英雄の調査。

それこそが　枢機卿と言う高位の聖職者が、聖都メネスティアから長い時間を掛けてこのローゼリア王国へとやって来た本当の理由だ。

(でも、状況は既《すで》に変わってきている……)

単なる調査だった筈が、今ではルピス女王と御子柴男爵家の戦いに援軍《えんぐん》として参戦しようとしている。

不穏《ふおん》な空気の漂《ただよ》う王都ピレウスで諜報活動を円滑《えんかつ》に行う為の手段として、ローランド枢機卿が増援《ぞうえん》を申し出たことが発端《ほったん》だが、まさか第十八聖堂騎士団が派遣されてくるとは、枢機卿自身も驚いたに違いない。

(何せ彼等は、南部諸王国各地に派遣されている聖堂騎士団の中でも屈指《くつし》の精鋭《せいえい》部隊……)

タルージャ王国に駐屯していた為、移動が早かったという点を考え合わせても、明らかに教団上層部の意向が単なる調査から、次の段階へ移行した事が読み取れるのだから。

メネアがそんなことを考えているうちに、どうやら目的地へと到着《とうちゃく》したらしい。

目の前に設けられた陣屋《じんや》には光神教団の掲《かか》げる紋章《もんしょう》が縫《ぬ》い取られた軍旗がはためいていた。

メネア達の来訪に気付いた衛兵が、メネアの手から馬の手綱《たづな》を受け取る。

そして、メネアとロドニーは衛兵にとある天幕へと案内された。

そこには、ロドニーが預かってきた書状を届けるべき相手がいる筈。

(でも果たして、どう転ぶか……)

それはメネアだけではなく、ローランド枢機卿より使者としての任務を与《あた》えられたロドニーも感じている想《おも》いだろう。

何しろ、聖堂騎士団は教皇直轄《ちょっかつ》の部隊。

基本的に教皇からの命令しか受けない。

そして、枢機卿はそんな教皇を補佐する役目を担《にな》う重職。

その結果、両者は基本的に対立しやすい。

ロドニーの様に、枢機卿と親交を保っている聖堂騎士団員は限られている。

そんな中でも、第十八聖堂騎士団の団長はローランド枢機卿と特に犬猿《けんえん》の仲で有名だ。

先日ルピス女王に謁見《えっけん》を申し込んだ際には、特に問題はなかったが、だからと言って安心するのはあまりにも危険だろう。

それを防ぐ為には、どうしても腹を割った話し合いをする必要が出てくるが、相手がどう考えているかは正直に言って未知数だ。

（最悪、主導権を譲《ゆず》らず暴走する可能性だってあるものね……）

その暴走の結果が、グロームヘンの惨劇《さんげき》であり、第十八聖堂騎士団が【コルサバルガの墓掘《ほ》り人】と呼ばれるようになった原因なのだから。

そんな事を考えながら、メネアはロドニーの後ろについていく。

親愛なる妹分に火の粉が降りかからない事を祈《いの》りながら。


数日後、王都の郊外に高らかな角笛の音が響《ひび》き渡《わた》る。

そして、それに呼応するかのように、大地が震動《しんどう》を始めた。

人馬の嘶きがそこかしこから湧《わ》きあがり、空気が熱を帯びていく。

彼等は長蛇《ちょうだ》の列を形成しながら、北東へと向かい行軍を開始した。

祖国の反逆者となった堕《お》ちた英雄の命を奪い去る為に……。

# あとがき

殆どいないとは思いますが、今回初めてウォルテニア戦記を手に取ってくださった皆様はじめまして。

一巻目からご購入いただいている読者の方々、四ヶ月ぶりです。

作者の保利亮太と申します。


まずはこの場をお借りして、皆様にお礼を言わせてください。

この大変なご時世に、ご購入いただき本当にありがとうございます。

相変わらずのコロナ禍で、皆様も新たな生活様式に悪戦苦闘している毎日だと思いますが、本作品がそんな日常の一服の清涼剤になれたらなぁなどと思っております。

まぁ清涼剤にしては、ウォルテニア戦記は血生臭い内容のてんこ盛りではありますけどね。

香ってくるのはメントールの様な爽快感ではなくて、錆びた鉄の臭いなんて事にもなりかねません。

私に才能が有ればラブコメとかも書いてみたいのですが、同時に作風的にどうかなぁという気がしています。

それに、作者的にはあの付かず離れず結論の出ない感じって嫌いなんですよね……まどろっこしくて。

そうなると、官能小説とかの方がまだかけそうかなぁと。

勿論、そんな別作品を書く暇があれば、ウォルテニア戦記を書き進めろと言われるのは分かっているんですがね……


さて、そんな作者の悩みはさておき、そろそろ恒例の見どころ紹介を。

18巻では、伏線回収や次の巻への導入部分がメインとなります。

まずは前の巻で書き切れなかったカンナート平原の戦いでの考察と、それに付随する余波。

併せて、光神教団より派遣されたローランド枢機卿達の存在が、ローゼリア王国に暮らす民に不安の影を落とします。

そしてついに、ルピス女王は亮真達を武力で排除する為に、北部征伐軍の派兵を決断。

公称二十万と言われる膨大な兵力を集めたルピス女王と、その総指揮官に任じられたエレナ・シュタイナー。

亮真の手に因って血縁者を失い、怒りに燃えるローゼリア王国の貴族達。

そんな中、没落していた筈のゲルハルト子爵は、自らの復権をかけてルピス女王に協力します。

様々な勢力が、それぞれの立場で利益を確保しようと鎬を削る混沌としたローゼリア王国。

そして、その動向を見守る周辺諸国。

そんな中、我らの主人公である亮真君も着々と策を巡らせて行きます。

因みに、浩一郎が本格的に主人公側に合流してくるのも見逃せません。

ようやく、本格的に浩一郎を表に出せる環境になってきて、作者としてもほっとしております。

何しろ知人によると、エレナと浩一郎の老人枠二人が何故か人気という話をよく耳にしておりまして……

何だろう、作者の想定より読者の年齢層が高いのでしょうかねぇ？

まぁ、この辺りは今後も活躍していきますので楽しみにして貰えればと思います。

最後に本作品を出版するに際してご助力いただいた関係各位、そしてこの本を手に取ってくださった読者の皆様へ最大限の感謝を。

三月一日にはコミックの七巻も発売されていると思いますので、そちらも併せて今後もウォルテニア戦記をよろしくお願いいたします。

著／保利亮太
イラスト／bob
ウォルテニア半島に
居を据えた
御子柴亮真の
躍進は続く――。
2021年夏　発売予定！

コミック版も好評連載中！
漫画：八木ゆかり
原作：保利亮太
キャラクター原案：bob
コミックス
①～⑦巻発売中!!
コミックファイア公式サイト
http://hobbyjapan.co.jp/comic/
ウォルテニア戦記XVIII

コミカライズも連載中の
スナイパー英雄譚！
漫画：瀬菜モナコ
原作：かたなかじ　キャラクター原案：赤井てら
著／かたなかじ
イラスト／赤井てら
発売予定!!

魔眼と弾丸を使って
異世界をぶち抜く!
第11巻 2021年夏

HJ NOVELS
HJN09-18

ウォルテニア戦記XVIII

2021年3月19日　初版発行

著者——保利亮太

発行者—松下大介
発行所—株式会社ホビージャパン
〒151-0053
東京都渋谷区代々木2-15-8
電話　03(5304)7604（編集）
03(5304)9112（営業）

印刷所——大日本印刷株式会社

装丁——coil／株式会社エストール



Printed in Japan

ISBN978-4-7986-2441-9　C0076